U0493584

中国历代通俗演义故事·农闲读本

太平天国演义

原著 黄世仲
编著 杜　娟
插图 刘　岩　姚博峰

吉林出版集团股份有限公司

图书在版编目(CIP)数据

太平天国演义 / 杜娟改编. —长春：吉林出版集团股份有限公司，2008.11(2023.8 重印)
(中国历代通俗演义故事：农闲读本)
ISBN 978-7-80762-941-2

Ⅰ. 太… Ⅱ. 杜… Ⅲ. 章回小说—中国—清代—缩写本 Ⅳ. I242.4

中国版本图书馆 CIP 数据核字(2008)第 165841 号

TAIPINGTIANGUO YANYI

书　　名	太平天国演义
出版策划	崔文辉
责任编辑	刘　洋
助理编辑	邓晓溪
出　　版	吉林出版集团股份有限公司
	(长春市福址大路 5788 号,邮政编码:130118)
发　　行	吉林出版集团译文图书经营有限公司
	(http://shop34896900.taobao.com)
制　　作	猫头鹰工作室
电　　话	总编办 0431-81629909　营销部 0431-81629880
印　　刷	三河市金兆印刷装订有限公司
开　　本	889×1194 毫米　1/32
印　　张	6.5
字　　数	101 千字
版　　次	2008 年 11 月第 1 版
印　　次	2023 年 8 月第 2 次印刷
标准书号	ISBN 978-7-80762-941-2
定　　价	38.00 元

(如有印装质量问题请与出版社调换。联系电话:18533602666)

前　言

　　清朝道光年间，政府横征暴敛，官吏作威作福，各地天灾不断，以致民不聊生、生灵涂炭，地主和农民阶级之间的矛盾不断尖锐，此时以洪秀全为代表的农民从宣传拜上帝教开始，发起了一场轰轰烈烈的太平天国运动。这是中国近代史上一次规模巨大的反封建反侵略的农民运动，也是几千年来中国农民运动的最高峰。

　　《太平天国演义》就讲述了这一农民运动的全过程，是首部全面描写和正面歌颂太平天国起义的长篇章回体历史小说，由晚清小说家黄世仲创作。它集太平天国的史料及传闻写成，既以可靠的事实为支撑，又以生动的情节来吸引读者，整部作品波澜壮阔，人物众多，记述翔实。尤为难能可贵的是，这部小说对于洪秀全不是一味地拔高，而是歌颂与慨叹并有，通过诸多细节描写，一方面塑造了洪秀全、冯云山、萧朝贵、陈玉成等多位英雄人物形象，表现出他们足智多谋、兵法精妙，另一方面也点出了他们作为农民阶级所存在的思想局限和人性弱点；而对清朝官员也并非一概贬斥，对于其中正直、爱民的将领也不乏褒奖。可以说，作者是以客观、诚实的创作态度，真正致力于把人物放在一定的历史环境和心态矛盾之中来写，给读者以历史的真实感和艺术的动态感。

由于《太平天国演义》比较偏重文言，在此我们对原著进行了适当改编，在保留原著故事脉络的基础上，坚持原作者正面描写太平天国起义的立场，力求以简洁浅显的语言和生动丰富的情节完整展现太平天国运动的起因、经过以及结果。实际上，抛开对这段历史的评价不谈，单单是洪秀全、钱江等人敢于抗争朝廷、谋求命运转变的魄力和雄心就让人敬佩不已。正如电视剧《太平天国》的主题曲中所唱："流血的伤口不流泪，举起的杆子不下跪，攥紧的拳头不松手，过河的卒子不后退！人活一口气，难得拼一回，生死路一条，聚散酒一杯！何以成败论英雄，浩浩乾坤立丰碑！"虽然太平天国运动最终还是被朝廷镇压、以失败告终，但我们希望能够通过改编后的作品引领读者重温历史，并以反抗不公、坚持自我的精神为追求，在阅读中体会澎湃的激情。

当然，在改编过程中，我们的创作肯定也存在着一定的缺憾和不足，欢迎各位读者批评指正，以帮助我们不断进步。

编　者

目录

第一回	山寺里群英大结义	督府中钱江救富商	/001
第二回	初传教秀全识义士	巧施计结交杨秀清	/007
第三回	罗大纲入教同立誓	韦昌辉义举救秀全	/013
第四回	保良会顺利归联合	洪秀全起兵在金田	/018
第五回	截官船智引石达开	用妙策大败乌兰泰	/023
第六回	萧朝贵奇谋劫军械	团练军恶战桂平军	/030
第七回	云山早逝秀成入盟	平乐大捷义军扬名	/035
第八回	向荣兵败山贼相救	秀清露相主婚避嫌	/040
第九回	李秀成百骑下柳郡	曾国藩遵旨兴团练	/044
第十回	萧朝贵中计遭不测	杨秀清续婚谢秀全	/049
第十一回	李秀成英勇下长沙	洪天王改元续汉统	/055
第十二回	曾天养领计火汉阳	洪天王开科修制度	/062
第十三回	向荣大怒训斥建瀛	钱江施计巧斩文庆	/069
第十四回	智钱江设计破吴来	洪秀全定鼎金陵郡	/075
第十五回	李秀成平定南康乱	杨秀清陷落汉阳城	/081
第十六回	陈树忠计斩江忠源	林凤翔大战扬州府	/086

092 / 第十七回	韦昌辉怒杀杨秀清	钱东平挥泪送翼王
098 / 第十八回	石达开诗退曾国藩	韦昌辉自刎谢钱江
103 / 第十九回	谭绍洸败走武昌府	李秀成一计克江苏
108 / 第二十回	林凤翔大破讷丞相	却不料败走陷天津
115 / 第二十一回	完大节三将归神天	拔九江天王再用武
121 / 第二十二回	陈玉成平定南昌城	陈其芒计取桐城关
126 / 第二十三回	攻金陵向钦差败死	武昌城胡林翼中计
132 / 第二十四回	罗泽南捐躯赴国难	李忠王施计收武昌
138 / 第二十五回	显神通陈玉成破敌	守六合温绍原尽忠
143 / 第二十六回	李世贤惜败江西地	李秀成兵围杭州城
148 / 第二十七回	李秀成义葬王巡抚	张国梁怒投丹阳河
154 / 第二十八回	陈玉成大战蕲水城	李秀成义释赵景贤
162 / 第二十九回	曾国藩会兴五路兵	林启荣尽节九江府
168 / 第三十回	龙虎战大破陈玉成	官胡兵会收武昌府
174 / 第三十一回	救九江曾国荃出山	战三河李续宾殒命
180 / 第三十二回	下浦口玉成破胜保	常州城忠王胜洋兵
184 / 第三十三回	李孟群战死庐州城	杨辅清匿兵破庆瑞
190 / 第三十四回	破金陵归结太平国	编野史重题懊侬歌

第一回
山寺里群英大结义
督府中钱江救富商

话说自从清灭汉以来,各地豪杰胸怀复汉之伟大抱负,纷纷造反,无奈天不助汉,无一成事。直到清朝道光年间,朝纲腐坏,贪官污吏作威作福,老百姓受尽折磨,苦不堪言。一时间,天下风起云涌,局势混乱。

俗话说,乱世出英雄。当时广东花县就有一人,此人姓洪,名秀全,自幼就颇有抱负,喜欢结交绿林豪杰,常跟人说以后自己会名震天下,别人都嘲笑他太狂妄,同乡冯逵却很赞赏,说他并非池中之物,将来必能成就一番大事业。

一日,洪秀全又在评论天下大事。他感慨道:"盗贼横行,朝廷却不闻不问。此时真该奋起反抗!"此言被冯逵听到,应声问道:"那洪兄为何不带头起义呢?"洪秀全答:"此事非同小可,至少要有三五千人马才能谋划。况且没有能人志士相助,起兵造反太难成功。"冯逵笑道:"千兵易得,一将难求。只要找到合适将领,人马很易于召集。若洪兄诚心实意找人相助,我倒是知道一位智者,就在县衙之中,名叫钱江,是位师爷。此人很有见识,也很懂谋略。"

话说这钱江自幼就是神童,五岁上学,九岁下笔成文,成年后更是学识广博、满腹经纶。他曾对人说,"天下大乱之际,就是我钱江扬名之时。"他之所以来到花县,一方面是得到叔父好友、县令张尚举的赏识,另一方面则是为了寻找志同道合之人共同谋取天下、建功立业。一日,钱江在郊外游玩,偶遇冯遂,钱江看他眉清目秀、谈吐风雅,不像等闲之辈,就故意试探道:"清朝已建立二百年,满、汉两族地位高低已定,实不应再与清为敌。"冯遂听了大怒:"你是个汉人,怎能如此不知耻辱,替清说话?"说罢转身要走,钱江这才告诉冯遂:"国家兴亡,本有预兆。当今清廷朝纲混乱、官员腐败,国家连年大旱、瘟疫肆虐,百姓生活艰难,各地匪乱不断。清天下,气数已尽!我观看天象,得知广东必出大英雄,所以才来到此地。"冯遂听后大喜,忙向钱江道:"我同乡洪秀全,正是一位真英雄,一贯为人坦荡,颇有大将风范,且胸怀大志,一心期待贤人相助。您二人应当见一面,共谋天下大事。"

　　第二日,两人便一起去见洪秀全。一路上山清水秀、风景宜人,两人谈笑风生,忽听身后有人大喝:"光天化日你们竟敢密谋造反,实在大胆!我这就前去衙门告密!"冯遂不禁一惊,回头看时却大笑,原来来人正是秀全的二哥洪仁达,他方才只是玩笑,其实是特来迎接冯、钱二人的。于是冯遂介绍钱、洪两人认识,便继续赶路。正走着,三人又碰到洪秀全亲自前来迎候。钱江细看,只见那人生得天庭广阔,地阁丰隆,眉侵入鬓,眼似流星,长耳宽额,丰颧高准,五尺以上身材,三十来岁年纪。头戴济南草笠,身穿一领道装长服,脚蹬一双蒲草鞋,手执一柄羽毛扇子。钱江不禁心中感叹。四人一阵寒暄,便到山中一座寺院详谈。

在寺中一间密室里,秀全摘下草笠,却见他是道士装扮,钱江大惊。原来秀全不忍受辱照清习俗剃头,这才假扮道士。秀全说道:"洪某一生意在覆清、光复汉姓天下,却不知如何谋划。"钱江说道:"现在朝廷已失民心,各地义军群起。洪兄如此出众,更应抓住时机,干出一番事业。我看广西地势险要、粮丰财足,且人才辈出,适宜起事。到时再取长沙、打武昌、占南京、攻北方,即可谋求天下。"他教洪秀全先加入外国教会,再进广西,借传教之名鼓动百姓跟随,也好逃避官府耳目;钱江则利用为官之机,多结交些富商义士,为起义筹集资金和军需。秀全听了满心叹服,不停称赞钱江。

这时一位头戴斗笠、手拿锄头的光脚农夫走进屋来。钱江看了纳闷,秀全介绍道:"此乃我大哥洪仁发,一直在寺中隐居,喜欢种些小菜。他性格耿直,满心热诚,对起义之事也极为赞同。"钱、洪两人互相行礼,大家又坐下说话。

五人一起商议到很晚,钱江想回衙门,洪家兄弟却执意留他吃饭。这时仁发在旁埋怨道:"只是一顿家常便饭,留来留去做什么!"仁达忙把他劝住,秀全也忙解释道:"我大哥性格直爽,有不敬之处,请您不要见怪。"席间,几人互相劝酒客气,只有仁发一人一边吃菜一边喝酒。过了一会儿,仁发见菜已不多,酒却还未喝足,便自己去厨房炖了只鸡端上桌来,让大家继续吃。冯逵连忙夸道:"还是仁发兄想得周全。"可见此人只是不善言辞,其实心思细密、待人厚道。几人一直吃到深夜,越谈越投机,秀全向钱江说道:"先生明天准要回衙门去，等再见面我们可能就聚不全了。不如咱们今日就结拜做了兄弟，以后共谋天下，如何？"钱江当然同意。当下几个人就点了香叩拜天地，发誓要同心协力打江山，若有违背誓言，天打雷劈。

当晚钱江就住在寺中，第二日回衙门正好接到两广总督林则徐聘书，信中邀请钱江去做谋士，言辞恳切。这位林总督很有一片爱民之心，算是一位少见的好官，钱江想这个机会很难得，一来自己升了官位，二来也可结交些富商，为日后起义准备资金。因此他一边找人通知洪秀全，一边整理行李，拿着聘书去找县令辞职，便起程前往省城。

林总督见到钱江很是欢喜。一起谈论天下大事时，他发现钱江果真很有见识，于是更加高兴，命人安排好钱江吃住，从此钱江就在总督衙门办事了。

刚到府中，钱江便遇上一个案子。当地一家妇孺皆知的怡和洋行，东家为伍紫垣，自清开放海禁以来，便一直做倒卖外商货物的生意，尤其是鸦片，从中挣到不少钱财。可巧林总督就认为鸦片祸国殃民，便想把伍紫垣这个"奸商"法办，但按照大清律例，并不能将伍紫垣定罪，钱江计上心来，"此人家财万贯，若被我救下，必会感恩戴德，那起义便不愁没有靠山。"因此，钱江故意先将这案子压下。恰好钱江老友朱少农此时突然来访，还有位年近五旬的生人一同前来，此人正是伍紫垣的管家潘亮臣，二人是为求情而来。谈话间潘亮臣想以重金酬谢钱江，被钱江严词拒绝。一番安排之后，几人便各自分开。

太平天国演义

山寺中五人结义

不久林总督问起此事,钱江回道:"此事恐怕会起争端。"林总督问道:"一个小小奸商,会出什么争端?况且鸦片害人不浅,我誓死也要除去此人!"钱江急忙劝道:"您贵为总督,不该为了区区一个奸商冒险,若朝廷因通商合约而降罪于您,那奸商们定会更加肆无忌惮,鸦片就永无禁运之日了!"林则徐听后沉思片刻道:"先生所言极是!那该如何是好?"钱江献策道:"不如将他流放三千里,再把鸦片的害处昭告天下。"林总督同意了。钱江忙通知朱少农,伍紫垣死罪可免,改为流放,只要再恳请留下奉养老母便可消灾,不过要主动认罚,捐些饷银。伍家听后满心感激,无奈钱江不收钱财,只好大办一桌酒席宴请恩人。钱江得知,心中大喜,换下衣服便直奔怡和洋行,果然只见此店客来货往,一派繁盛景象。见到伍紫垣时,钱江却不由心中一沉。原来此人长得贼眉鼠眼,笑不由衷,必定为人狡诈,不可深交。钱江推辞一番,便匆匆离去。一路上他懊恼不已:"我身为督府谋士,若想结交外人实在不易,何况富商,还是另想办法吧。"过了几日,钱江寻到个新住处,便就此搬出了督府。

第二回
初传教秀全识义士
巧施计结交杨秀清

话说某夜钱江正在书房,忽然下人通传有人求见,名帖"萧朝贵"。钱江暗想,此人我并不熟识,前来定有要事。那萧朝贵进门后,钱江细看他举止不凡,大感惊奇。寒暄几句后,萧朝贵便说明来意,乃是为寻觅天下英雄,共谋大业。钱江故意试探道:"听说阁下亲戚在广州为官,您若想谋个功名一定易如反掌吧!"萧朝贵答道:"我岂是贪图富贵之人!先生此话可看轻我了!"钱江看出他果真不喜攀附权贵,忙起身谢罪,两人这才谈起正事。

原来此人一心想谋取天下,却没有志同道合之人。他看出钱江当初有意放过伍紫垣必定另有所图,今日特来问明原委,并向钱江表明心迹,愿效绵薄之力。钱江听了大喜。朝贵又道:"小弟有话奉劝先生!您在此地不宜久留!"钱江忙问为何,朝贵解释道,"前任谋士李云龙和前任广府余溥淳是郎舅亲家,那李云龙因先生到来而失宠,余溥淳也遭卸任,他们定会伺机报复,不可不防啊!"钱江笑道:"明枪易躲,暗箭难防,我自有脱身之计。萧兄不如早回故乡,起义之事等我消息。"因天色已晚,朝贵在钱江处留宿一夜,次日一早恰逢洪秀全来到，三人便又相坐商谈。

钱江询问秀全为何还没去广西，秀全说唯恐粮械不足、人才缺乏。钱江劝道："广西匪头罗大纲是个血性男儿，若能借他之力，起义便不愁粮械。只要动之以情、晓之以理，定可招徕人才。"又说到入洋教、兴起义之事，朝贵道："我有位好友郭士力正是天主教士，现在广州，不如趁此机会我们同去拜会一下！"秀全便和朝贵同去郭士力处，两人一起受了洗礼，入了洋教。之后，钱江请他二人先回花县准备，自己辞去官职便去会合。怎料那鸦片案此时竟被朝廷察觉，林则徐被撤任回京。新上任的总督徐广缙与余溥淳向来有师生情分，还聘了李云龙回来做谋士。果然李云龙很快便状告钱江，说他私放奸商、贪赃枉法，结果钱江自然被抓，幸好口供并无错漏，因此只是被押禁而已。

秀全听说钱江被抓，不禁大惊。冯逵主动前去查探情形。那看守钱江的狱卒陈开是位明理之士，悄悄放冯逵进牢去见钱江。冯、钱二人正说着话，陈开又传来消息，钱江被判充军伊犁。冯逵一听大惊失色，钱江却笑道："我自有办法。请冯兄带各位兄弟先进广西去，咱们来日方长！"临别又叮嘱冯逵道："官军势弱，不足以顾虑。只是清将提督向荣，骁勇善战，要小心此人！"冯逵回到花县说明情形，秀全沉吟道："钱先生一向料事如神，我们还是听他安排快快起程吧！"洪秀全有位胞妹名叫洪宣娇，从小便是男子气概，长大更是女中豪杰，此次非要跟随秀全，于是洪秀全、洪仁发、洪仁达、冯逵、萧朝贵、洪宣娇六人一起出发，几天便到广西梧州。此地看上去并不繁盛,于是仁发向众人发牢骚道:"钱先生说我们到了广西自有机会,如今机会何在?"朝贵不禁失笑。冯逵急忙劝道:"仁发兄说话如此大声,被官府听到怎么办?"仁发这才噤声不语。秀全问朝贵:"我们初来乍到,以萧兄之见,该去哪里才好?"朝贵道:"桂平富庶,豪杰众多,而且我久居那里,人事俱通,就去桂平吧!"秀全点头称好。不多时日,众人便到桂平,城中果然熙来攘往,街市繁盛。朝贵领众人回家,却见大门紧闭,无人应门,一时不知所措。冯逵献策道:"洪兄既然有传教文凭,我们便找个教堂落脚如何?"秀全道:"此计甚妙!"众人便找到一处教堂,说明来意,那名叫秦日纲的教士十分欢喜,忙安排众人住下。

一日,秦日纲要回家探亲,便将教堂事务交由洪秀全打理。恰逢当日是礼拜日,教会教徒均到教堂聆听讲道,秀全便想趁机演说起义的道理以打动人心。怎奈当时广西闭塞,教会中还常充斥些无赖子弟,见秀全非但不演说上帝的道理,竟还说些"大逆不道"的疯话,顿时散去大半,剩下的地痞更是对秀全出言不逊,大骂不止。仁发见此情景不禁大怒,一阵拳脚便把众无赖打翻在地。冯逵冲出来劝阻,可场面已经大乱,那些无赖哪肯轻易了事,你一言我一语地大声喧哗闹事,还有人开始砸扔东西。此时一人突然冲上圣坛喝道:"你们休得无理!这教堂就是官府也要庇护三分,倘若打死教士,你们肯定难逃重罚,还不快快散去!"众无赖这才抱头鼠窜。

萧朝贵定睛一看,此人身形魁梧,一脸正气,竟是父亲好友胡以晃。此人家财丰盈,乐善好施,人人称他为义士。朝贵介绍大家认识,以晃便向秀全道:"我听洪君讲道,便知你们的来意了。想要图谋大事,不能急于一时,还需从长计议,那帮泼皮日后定会再来。"秀全点头道:"说得对!可我们不知藏身何处才好。"以晃便邀请众位到他家中暂居。一行人来到胡家,只见门庭清静,环境优雅,秀全不住称赞,还道:"只可惜我们在此住三五天便又要赶路。"以晃忙问怎么如此着急,秀全回道:"一来结交富绅,资助些军粮;二来联络罗大纲,借他人马来起事。"以晃分析道:"罗大纲虽属土匪,但劫富济贫、识得大体,应该不难劝服,只是富绅贪财,不会轻易资助军粮。我亲戚杨秀清家财万贯,却为人世故,他最爱听人奉承阿谀,如果洪兄见机行事,或许可以打动他。"秀全谢过以晃,一面请冯逵前去劝服罗大纲,一面请朝贵回家乡探亲并物色英雄,二十日后再会合。仁发、仁达、宣娇仍留在胡以晃家中,秀全则前去拜会杨秀清。

行至杨秀清所在村庄,秀全见田间庄稼长势旺盛,便计上心来,就在田埂上假装探看。附近农夫看他道士装扮却不停翻看禾苗,深感惊奇。秀全故作惊讶道:"这田中一禾四穗,实在是吉祥之兆!主人一定福分不浅。"农夫道:"附近田产都是本村杨秀清的。"秀全忙四处察看农田,一路上不停感叹,直到天黑,秀全便恳求到农夫家借宿。回到村中,乡亲们见来了个道人都十分新奇,秀全夸赞禾苗的话也一时传遍,杨秀清听后忙请秀全到府上详谈。秀全暗想:"他可中了我的计了!"到得杨府,秀全立即向杨秀清道:"我追寻龙脉多年,原来真英雄在此!"说罢行一大礼。杨秀清顿时喜上眉梢,当下布置酒席招待秀全。当晚秀全留宿杨府。

次日,秀全又将杨秀清一番恭维,秀清更加深信不疑。秀清迫不及待地向秀全道:"我只是一介平民,不敢奢望做王侯将相,但恳请洪兄为我指点前途!"秀全见时机已到,便道:"清入主中原二百余年,现今朝廷无道,天下必定有所变。我初到广西就听有童谣唱'两百年前有一清,两百年后又一清。一个英雄定太平,扫除妖孽算中兴'。前一清指清,后一清就是说您了!杨兄富有钱财,广西盗贼嚣张,不如大兴团练,以剿匪为由招贤纳士,只待时机成熟,您义旗一举,必定一呼百应!"秀清本来就醉心权贵,听了当然心中更加欢喜,却假装谦虚称不敢当,问道:"若团练军不肯起义,如何是好?"秀全笑道:"此事不难。我可先以上帝教劝服民众,所谓'信上帝者死后得福上天堂',到时他们自然听命,或谎称官府逼团练军出征,众人必然不肯,您再禀明官府团练军造反,那团练军与官府间必有冲突,到时就由不得他们不反了!"秀清不禁拍案称奇:"洪兄果真足智多谋,实在妙计!"

杨秀清便去县衙恳请兴办团练,县令当然应允,接着又依照秀全安排,在附近村庄招兵。几天便有二千余人前来,无奈军中缺乏将才。正在愁苦时,就听家丁传"有两个大汉带了数人来到庄口求见",杨秀清心中犹疑。原来是曾任管带营官的李开芳和其义弟林凤翔前来投靠团练。这两人仪表堂堂,谈吐自如,很有大将之风。秀全不禁大喜,向秀清道:"有此二人相助,明日即可整编队伍开始训练团练军了!

不过起义之事先不可对此二人讲,以防他们心有异念。"秀清一一记下。秀全就此告别,去其他地方再寻支持。

次日秀清便和开芳、凤翔一起,将二千四百余人分了四营,团练军训练正式开始。

第三回
罗大纲入教同立誓
韦昌辉义举救秀全

话说洪秀全离开杨秀清处,就直奔桂平县,不想路上巧遇萧朝贵。原来朝贵回到家乡才知妻子早已过世,又见小妹萧三娘无依无靠,便带她回到桂平。谁知两人刚进城便听说,有个张秀才因上次教堂闹事而状告秀全等人妖言惑众、图谋不轨。朝贵只好又带着小妹乔装打扮出城来,想去秀清庄上见秀全。朝贵极力劝说秀全别再进城,秀全道:"连累兄弟,实在心中不安,但我必须进城去找胡以晃探问冯遥兄弟的消息。萧兄请先去秀清庄上安顿,等我回来。"秀全又叮嘱朝贵不可将被告之情告诉秀清,以免他怕受牵连而反悔,朝贵一一应下。

秀全进城后到了教堂,秦日纲见到他吓了一跳,劝他快些出城,秀全却道:"现在城门已闭,不知可否在此留宿一晚?"秦日纲一口应允。次日一早,突然听见门外人声嘈杂,秦日纲慌张进来道:"衙役前来抓人了。你快从屋顶逃吧!"秀全答道:"我无处可躲啊。若逃了又被抓到,此事就分辨不清了,再说官府无凭无证也不能随便定我罪名。"此时衙役们一拥而入,拿了秀全,把秦日纲也抓去。县令却只问了几句口供就把他俩收监了。

那县衙牢中阴暗潮湿、臭气逼人,还有犯人们哭号的阵阵惨声,秦日纲无辜受到牵连,一连几天都暗自落泪。秀全愧疚,便想求助秀清,可惜没有纸笔写信,此时一位差役转进牢中。秀全忙招呼道:"在下洪秀全,恳请老兄行个方便借我笔墨,让我写信求救,大恩必铭记在心!"那差役听了立即行礼道:"原来足下就是洪兄!我名韦昌辉,与胡以晃是亲密老友,常听他提起你,不想今日竟在此相见,在下愿替您前去求救!"秀全当即把通知朝贵转求秀清的事情叮嘱了昌辉,心中感激不尽。

杨秀清自朝贵来到便一直合力操练团练军。一日,下人忽然通传有县衙差役求见,朝贵一听便知是当初被告之事,忙请人进来。韦昌辉进来便问哪位是萧朝贵兄弟,两人转到一个僻静处,韦昌辉便把秀全被抓嘱托的话说了一遍,朝贵听后大惊,急忙去找秀清恳请设法营救,否则众人都会遭受牵连,秀清一听更没了主意。恰好此时胡以晃和洪仁发也到了庄上,得知此事后,仁发马上暴跳如雷:"若秀全兄弟有个三长两短,谁担待得起?不如咱们领军杀进城去,先救人再说!"以晃急忙阻拦,众人也都劝说,仁发这才又坐下来。韦昌辉向众人道:"若各位英雄有办法,我就做大家的内应;若实在没有妙计,我敬重各位英雄义气,索性就放了洪兄!"以晃问道:"兄弟此言当真?"昌辉大声答道:"胡兄见过我食言吗?"朝贵听了感激不已,忙请昌辉去告知秀全等待救援,再请以晃与仁发到江口查探,若冯逵成功劝服了罗大纲,那就借罗军去救洪秀全。

早先冯逵来到江口，发现此地驻扎了许多清兵剿匪，要想个办法才能通过各道关口上山去见罗大纲。只见不远处有位武将带兵守在路旁，他就大着胆子上前说道："贫道要去浔州，却不认识路，恳请官爷告知一下，可否？"那武将见他说话谦卑，心中高兴，便道："顺着大路就能到浔州，不过路途遥远，盗贼又多。"冯逵趁机问他能否找一位兵丁做向导引路，那武将自然同意，就这样冯逵由兵丁引着通过了重重关卡，也没被清兵盘问，便来到罗大纲营地附近。

罗大纲见冯逵能孤身一人通过清兵关卡，便怀疑他是官兵奸细，又不知他来此有何目的，因此冯逵求见时，罗大纲恐吓道："你若是清兵奸细就趁早投降！"冯逵镇定下来故意问道："大王想做豪杰还是想做土匪？"罗大纲问道："做豪杰怎样？做土匪又如何？"冯逵说："若想做土匪，说明你只知烧杀抢掠，那我宁愿一死。若想做英雄，那大王你就应招贤纳士、宽容待人，这样才能实现大志。"罗大纲听了很是佩服，忙向冯逵行礼，问他为何前来。冯逵向他感慨道："我来是为救你！"罗大纲不解。冯逵又道："你驻守在此，已是骑虎难下，若不图进取只会坐以待毙。"罗大纲听后茅塞顿开，忙继续请教。冯逵接着说道："眼下我和多位英雄齐聚广西，传递上帝教义，只待时机一到便共同谋取天下。现在一切都已就绪，若能得您相助，那一定如虎添翼，事情肯定一举成功！"罗大纲问道："可惜我不懂上帝教义。"冯逵解释道："上帝教义无非一个'善'字，相信之人便可逢凶化吉。您若说服所有义军都信奉上帝教,到时必定军心齐同!"罗大纲听了大叹有理,马上向冯途起誓,加入上帝教。

此时胡以晃和洪仁发刚好来到江口。因仁发性格直率、脾气暴躁,恐怕会招来官兵,以晃便安排他在附近村落住下,自己去找罗大纲,仁发自然不满,可还是听命留下来。以晃到了罗军营地,恰好遇见冯途经过,忙告诉他秀全被抓的消息,以及借罗大纲兵力劫狱救人的打算。冯途想了想道:"借兵恐怕不可。这里距桂平较远,若调兵太少就难以成功,若大量调兵则恐怕惊动官府。看来还是要靠韦昌辉兄弟,他如此义气,定能放出洪兄。只是要好好计划洪兄逃出后该如何安置,胡兄府上和秀清庄中都不是久留之地。"胡以晃道:"我有位老友黄文金在金田县,胸怀大志且最恨清,新创办保良攻匪会,洪兄可去那里暂避。"冯途称这是个妙计。计划完毕,胡以晃便与洪仁发一起回到桂平。

韦昌辉得知冯途的意见,正要与胡以晃、洪仁发回家中详谈,却在家门口碰见本地缙绅王艾东出来。原来韦昌辉妻子王氏年轻貌美,而韦昌辉平时忙于公务,不常在家,王氏就勾搭上了年少风流的王艾东,竟一心想要转嫁。今日见韦昌辉带回两个生人,于是守在客厅外偷听,恰好听到了计划劫狱之事,王氏便以此事威胁昌辉写休书,她好另嫁王艾东。韦昌辉这才知道了王氏与王艾东私通的事情,又因受到威胁而怒火中烧,一气之下斩杀了王氏。胡以晃大惊失色,急呼昌辉坏了大事,若被官府知道他杀了人前来通缉,那秀全就没人去搭救了。昌辉这才懊悔自己不该一时逞强。胡以晃沉吟片刻道："现在最重要的便是瞒住王艾东,暂且先将王氏尸身藏好,明天昌辉兄弟和仁发兄去牢中救人,我留在家中,这样王艾东必定不好意思过来,等傍晚你们事成之时,我再悄悄与你们会合。"

第二天一早,昌辉和仁发按计划前去牢中,假装设宴招待三名狱卒,其中两人很快便大醉睡了过去,只有一个名叫李成的始终精神十足。眼看时间过得飞快,昌辉无奈只好凑向秀全,秀全道："就说我想吸食鸦片,可拜托此人出去买,到时候咱们走为上招即可。"昌辉依计行事,果然那李成欣然应允而去,昌辉与仁发取下钥匙,救出秀全,三人一起搭梯逃出监牢。这时,秀全猛然想起秦日纲尚在狱中,又想回去救人,昌辉阻拦道："营救秦日纲实在不易,况且他是个教士,官府定不会斩杀。咱们日后再作打算也来得及。"秀全这才罢休。三人跳出墙,从僻静小巷逃去,与以晃会合后一起出城,直奔金田而去。

那李成买了鸦片回来一看,见韦昌辉与洪仁发都不在,洪秀全也被救走,这才明白昌辉虽为捕快,今日设宴却是为了劫狱救人,李成慌了神,忙叫醒喝醉的另两位狱卒,三人明白此事瞒不过去,只好上报给县令。县令马上派人到韦昌辉家中,却见大门紧闭,到了屋中才发现王氏尸首,张县令没有办法,只好张贴告示悬赏抓人,结果一连数天全无音信。

第四回
保良会顺利归联合
洪秀全起兵在金田

话说洪秀全、胡以晃、韦昌辉、洪仁发等逃出桂平县后，便披星戴月日夜兼程，不到一天就到达金田。四人寻到黄文金府上，胡以晃将自己的名帖递上，几人很快便被请进府中，那黄文金正在厅中等候。秀全见此人长得眉清目秀、天庭饱满，心中不禁暗暗赞叹。胡以晃对黄文金道："这位洪秀全兄弟从广东而来，志在传播上帝教义。听说黄兄创办保良攻匪会颇有成效，所以特来拜会！"文金连称不敢当。秀全忙见机赞道："久仰黄兄大名，如雷贯耳。您创办保良攻匪会乃雄心义举，可惜朝廷失道，官逼民反，只怕那盗贼不是短时间就能肃清的啊！"黄文金听后深有感触。秀全接着说道："我也有保民安宁的大志，只可惜自己实力不足，今日与黄兄真是相见恨晚，既然咱们志同道合，若不嫌弃，我愿助您一臂之力，如何？"黄文金听得此话不禁大喜。几人越谈越投机，文金见秀全慷慨激昂，所论都极具道理，早已满心叹服。秀全又趁机讲出追求平等自由的上帝教义，文金听后，更是坚信不疑，次日他便传令保良会众人一概崇信上帝。由于他一向为人仗义，光明磊落，在当地很有感召力，不久金田附近民众十之八九都追随入教，秀全也很快远近闻名，受人敬重。不久，大家又推选秀全做会中总理，秀全不敢担当，黄文金当然不依，众人也纷纷劝说，无奈之下秀全只好答应，从此保良会日渐强盛。同时秀全又劝黄文金兴办团练，虽然人马不多，但皆崇信上帝，同心同力。

此时，桂平县令缉拿洪秀全几人的消息传到黄府，众人心中又惊又疑。秀全含泪说道："我本劝人为善，却不小心惹了官司，不如就让我投案自首罢了，以免连累各位！"众人当然不依。黄文金也道："洪兄不必如此！此地全是崇信上帝、敬重洪兄的同胞，你就藏在此处，倘若有人背叛告密，我定要拼死保你周全！"胡以晃大赞黄文金重情重义。冯逵献计道："不如趁机将附近保良会和团练军集结起来，官府听说秀全在此必会派兵围剿，那时我们就谎称官军前来攻打保良会，到时骑虎难下，众军必定齐心与官军对峙。"黄文金听了有些犹豫，担心自己会受累失去祖产。冯逵笑道："今朝廷失道，百姓生活艰辛，若奋起反抗并且成功，天下就会太平。若我们沉迷于这昏沉世道，恐怕到时也难保命！"文金听后满心慨叹："此话使我茅塞顿开！今后黄某誓死听命，决不反悔！"众人大喜，马上歃血为盟，并推举洪秀全为起义军领袖。

黄文金称自己与附近谭绍洸向来不和，恐怕他会坏事。冯逵便设法使他们和解，谭、黄两人果然冰释前嫌。冯逵又将联合保良会之事告知谭绍洸，绍洸慨然同意，从此周围各保良会联合一事进展顺利，声势更加壮大，洪秀全的大名更是传遍四处。

且说平南县令马兆周听到洪秀全的消息,马上前来捉拿。黄文金不从,马县令就下令先捉黄文金,保良会众人一看急了,都上前询问。文金心生一计,喊道:"这赃官来要钱,我誓死不从,他便要抓我,你们快设法救我啊!"众人一听顿时大怒,马上联合了一二百人将黄文金抢了回来,把那些衙役打得落荒而逃,那马县令自然跑得最快,回城一看五名衙役被打死,剩下的也都头破血流伤得不轻。马县令这下恼羞成怒,急忙报信给附近州县请求合兵围剿金田保良会。浔州知府白炳文听到消息连忙调集人马,凑了一千兵丁,由都司田成勋和县令马兆周分率,浩浩荡荡杀了过来。

　　黄文金这边早就得到消息,召集众人一同商议。秀全当众说道:"我来广西不过为了传播上帝教义,联合保良会更是为了保卫地方民众。谁知虎狼官吏对我苦苦相逼,现在居然危害诸君,若要保全身家性命我们必须群起反抗,这是情势所逼呀!"众人听得义愤填膺,全都大声附和:"愿听洪先生指挥!"秀全就告知各乡保良会明早齐聚此地,若官军前来攻击那大家就合力抵抗。各人听了均马上回去打点。

　　第二天一早,各地保良会果然到齐,共两千余人。秀全从中挑出一千精壮,又分作五队。谭绍洸先率一队二百人回村驻扎,以壮声势;这时敌军已到村外三十里处,秀全料想敌军将会夜袭,便安排黄文金率一队埋伏在村口树木中,敌军进村时不予理会,等他们要出村时再进攻;接着秀全又命胡以晃、韦昌辉各带二百人在村后分东西两路埋伏,只要号炮一响就一齐攻上;剩余二百人,秀全与仁发率领,分藏在各小巷中,以便暗中攻敌。安排妥当,一声令下,各家关门闭户、各巷闸门紧闭,只留下村口一条大路静等官军进来。

谁知等到夕阳西下,敌军却在村外十里的地方扎了营,还派人送信来,洪秀全一看原来是白炳文责令黄文金交出要犯,否则官兵相逼定会玉石俱焚。秀全就在来信末尾批道:"洪秀全确实在此,但坚决不能交出,还请见谅;若是不能,那悉听尊便!"白炳文看了这挑衅之言,气愤至极,马上下令大军全速前进,直奔村中。到村口时已经入夜,只见月色无光,村中更是寂静非常,领头军都司田成勋恐防有诈,不敢擅进。白炳文道:"定是村人知道大军前来,早已躲避,还不快挥军追赶,以防他们逃走!"田成勋心中郁闷,却不敢抗命,只得传令进军。

这时马兆周也率兵赶到,两人正要商量计策,突然村中锣声大震,点点火光中还有不少人摇旗呐喊。田、马二人正在惊惶,附近巷中突然枪声齐发,官军中枪者已不计其数,正要反击,却发现巷门紧闭,根本不知保良军藏身何处。此时韦昌辉、胡以晃左右两军恰好分头杀到,谭绍洸此时也前来接应,官军立刻被围,一时之间,刀枪混战,杀声震天。官军不熟悉地形,又是夜战,惊惶之下都东逃西窜,伤亡惨重。白炳文更是无心恋战,急着冲出包围去逃命,哪料刚到村口就遇上了黄文金的埋伏。乱战之中田成勋左臂中弹,却坚持着护卫白炳文冲出了重围。黄文金一边大呼:"投降者免死!"一边仍要追拿白炳文。这时秀全赶来劝他道:"捉他也无大用,不如就此收兵吧!"黄文金便领军回村了。

这边白炳文被田成勋护卫,一路逃到了浔州才发现,大军仅剩二百多负伤兵丁,一时恼怒,回衙后立即把损兵折将、伤亡惨重还有马兆周战死的情形上报朝廷,请求治罪;更称洪秀全乃猖獗大患,实在应派大兵征剿。广西巡抚周天爵得此消息不免大惊,金田属于平南县管辖,县令马兆周失职且不能解救,但既然已经战死,姑且免罪,委任新县令即可;白炳文擅自越境调兵且伤亡惨重,给予革职;只是洪秀全声势如此浩大,居然大破官军,无奈广西兵力不足,只好抽调提督向荣前来商议应敌之计,又写信给广东总督徐广缙说明匪乱,并请求支援。

第五回
截官船智引石达开
用妙策大败乌兰泰

话说保良军收兵回村,查点之下伤亡军士只有数十人,秀全马上筹款抚恤。谭绍洸此时进言道:"洪先生用兵如神,令人折服,只是官军必不会善罢甘休,恐怕日后还会再来围剿。这如何是好?"仁发、昌辉等插话道:"兵来将挡,水来土掩。何须畏惧?"黄文金沉吟道:"局势已定,当务之急是招兵买马,以防官军进犯,只是恐怕军粮难以支撑。"秀全也为此苦恼。胡以晃提醒他有一人可靠,正是萧朝贵曾力荐的石达开。此人现在浔州开办盐埠,家财充盈,又因孝敬母亲声名远播,各地盐贩莫不敬仰;尤其他虽举人出身,却最喜好结交江湖豪杰,正所谓文能安邦、武能定国,是一位难得的人才。秀全暗道:"萧兄不在此地,恐怕再无他人可以引见石达开,要想个办法才好。"

众人接着商议起草招兵檄文一事。最终,胡以晃执笔,以洪秀全大元帅为主名,首先道出朝廷无道、官府苛刻以致民不聊生、盗贼层出;接着又说保良军本意在除暴安良、劝人为善,却惨遭官军镇压,为求自保不得不奋起反抗,虽然得胜,但恐官军又来围剿,所以特此招兵;最后承诺,商贾农工可各顾营生,所征军饷全部登记在册以便日后加倍偿还,若有盗贼滋生事端、有愚民助纣为虐、有暴匪破坏教堂扰乱商市的,必遭严惩。

檄文一出,惊动天下。数日内就有六千精壮前来应征。秀全便迅速编整队伍,日日训练,同时侦察清军动向。一日忽然得报,新上任的平南县令杨宝善即将到此。秀全喜道:"良机到!收服石达开在此一举。"忙叮嘱韦昌辉带人假扮成乡民,待杨宝善经过时就谎称是石达开部下,需通报后才能通过;杨若问石达开在哪,就告诉他正在洪秀全处商量要事。

韦昌辉等人依计行事,吓得杨宝善慌忙逃去。秀全得知后大喜:"石达开将来必被追究,不愁他不来投靠!"岂料此时石达开突然帐外求见。秀全不免惊诧他怎么到得如此之快,忙请进来。石达开进门便道:"足下果真妙计,竟敢陷害我。可惜浔江一带处处有我耳目,此事怎么能瞒得了我?"秀全听了目瞪口呆,半晌才道:"石兄果真智勇双全,洪某实在是迫不得已才出此下策,但求拜会石兄。如果能与您共谋大事,真是苍生之幸!"说完又再拜行礼。石达开看出秀全一心赤诚,为之倾倒,于是答道:"金田并非用武之地,我看你应该兵分两路,一路向永安州,一路绕梧州西上,再合于桂平,这样攻取广西便易如反掌。"秀全笑道:"英雄所见略同!只因我军粮不足,此计才未能实现。现在得到石兄相助,必能成功!"

于是石达开率三千人为东路大军直向桂平,洪仁发为前锋,谭绍洸断后;洪秀全领三千人为西路大军奔赴永安,韦昌辉为前锋,黄文金断后;军饷全由石达开筹措,胡以晃率保良军留守金田转运粮草。一路上两路大军旌旗齐整,号令严明,各处乡民纷纷响应、捐献粮饷,义军声势不断浩大。广西巡抚周天爵、布政使劳崇光不断飞书广东,却唯有副都统乌兰泰毛遂自荐,率旗兵一千加劲卒三千前来支援。周天爵得知后与劳崇光商议,乌兰泰有勇无谋,恐怕难以取胜,只好命他驻扎永安以压制洪秀全,再派提督向荣、总兵张静修作为后援。

那乌兰泰一路急行军,不久便抵达梧州,正欲与石达开开战,却接到周天爵军令要转去永安,乌兰泰心中郁闷又不敢违抗,只得日夜兼程直奔永安。此时洪仁发探到乌军动向,主动请战想在途中截击,石达开道:"乌军此时士气正盛,不宜进攻。不如就此安营,他若来攻,我们便接战,否则就等到桂平再断其后路。"仁发便不再多言。

乌军转至江口时,洪秀全大军正在永安城外安营扎寨。秀全便与冯逵商量进攻之计。冯逵道:"乌兰泰一向性急,等两军交战时,洪兄你就假装退却以吸引乌军;我命罗大纲偷袭永安,乌兰泰必无心恋战;此时再由罗大纲攻下江口,那乌兰泰只能从斜谷小路逃跑,我率人在那埋伏,乌兰泰必遭劫杀!官军兵败,向荣之军必失斗志。到时我等乘胜追击,广西就唾手可得!"秀全连连称赞,马上安排部署依计行事。

且说乌兰泰战前询问谋士张奋扬意见。张奋扬道:"我军不宜进攻,应分兵把守永安城。"乌兰泰道:"此言对极!只是我军仅三千人,分兵恐怕不利。现在洪秀全军就在前方,只要能一举歼灭,便可平定广西匪乱。"张奋扬便不敢再言。于是乌兰泰派部司陈国栋、协领国恩率军攻打义军,怎奈对方全军蛰伏不出,毫无动静。乌兰泰仍命令大军全力进攻,秀全眼看乌军攻势越来越猛,便下令义军稍作抵挡,然后假装西逃,陈国栋、国恩率官军紧追其后。忽然洪军旌旗变换,打着黄文金的旗号杀了回来。乌兰泰马上下令兵分两路,陈国栋、国恩继续追赶洪秀全,自己则迎战黄文金。酣战之中,乌兰泰突然得报罗大纲攻下永安,立时惊惶失措,下令撤军。这时洪秀全、黄文金等同时追赶而来,一时间乌军大乱,乌兰泰急忙奔逃,又听前方杀声震天,原来是韦昌辉截住了前路。国恩措手不及,中弹而亡,清军逃、降之人不计其数,陈国栋急令亲军护卫乌兰泰杀出重围,谋士张奋扬主动率百余残兵为其断后,最终寡不敌众,自刎而死。其余清军则被秀全一一招降。

　　乌兰泰自战场逃脱之后,果真一路行至斜谷小路。眼见山路狭隘,乌兰泰已然有些心慌,突然听到一声炮响,冯遆率三百余众从林中杀了出来。乌军这几百残军早已弹尽力竭,一时间死伤无数。乌兰泰明白回天乏术了,仰天一声长叹,脑中正中一颗流弹,倒下马来。陈国栋急忙相救,乌兰泰却道:"救我无益,还是快请救兵罢。"说完口吐鲜血而亡。陈国栋本欲带走乌兰泰尸首,怎料冯遆此时已然杀到跟前,只好慌忙逃走。冯遆得胜收兵后,命军士厚葬乌兰泰,便赶回永安,同洪秀全大军汇合。于是众人进城去,齐聚罗大纲营中,一面张贴榜文安抚百姓,一面论功行赏、庆贺大胜。为防向

太平天国演义

乌兰泰身亡

荣反攻,秀全命令罗大纲的部下赖世英率一千人镇守永安,兼运粮草;又以韦昌辉为先锋,率一万兵力向江口进发,以便接应石达开。

向荣大军以总兵张静修为先锋、以提督张必禄为后部,此时正一路南下。忽得军报:乌军全军覆没,副都统乌兰泰、协领国恩战死,都司陈国栋不知下落,永安城失守,洪军正向江口而来!向荣听了惊呆半晌才道:"乌军战败,我军更不可不战而回,否则军心必定大乱。唯有收复永安以镇民心。"于是下令进军永安。这时又有军报:石达开已从梧州上游而来。向荣唯恐腹背受敌,只好撤回桂平。

原来石达开在广西大得民心,一路畅通而来。一日,行至昭平境内,听说有流寇张嘉祥在此作乱,达开便与洪仁发、谭绍洸商议道:"我知道这张嘉祥骁勇善战,但利欲熏心、贪图富贵,日后必会投降向荣,实在是我们的心腹大患。不如现在趁机收服了他,能用就用,不能用便杀,以绝后患!"洪仁发主动请战,谭绍洸忙道:"洪兄性急,恐怕不宜独当一面。"仁发一听便急了,大怒道:"秀全兄弟都不敢数落我,你算谁?竟敢小看我!"达开劝解两人道:"何必如此!就请仁发兄弟前去罢。"于是分派千人给仁发前去富川,临行前达开又叮嘱仁发道:"可以招降张嘉祥,或者抓他前来,再不济杀了他也可,但一定不能让他逃走!此人善变,一定小心!"仁发一一记下便高兴地出发了。

这张嘉祥在富川打家劫舍,兴风作浪,先听得向荣要来围剿,不料洪仁发大军竟先到了。张嘉祥便向手下道:"做盗贼流寇也不是长久之计,不如趁机大败洪仁发,立个功劳,也好归顺向荣的官军,图个功名。"不料洪仁发竟亲率大军一路冲进张嘉祥军中。张嘉祥被困住,突然心生一计,主动带二三十名护卫一起投降。仁发得意道:"亏得石兄把你夸得十分厉害,如今还不是束手就擒!"张嘉祥忙道:"此言差矣!我张某不战而降,就是率兵在此等候归顺义军的!"仁发不及细想,便道:"恐怕你还想投靠清兵去吧。"张嘉祥笑道:"我若想投靠清军就不在富川起乱了。你若不信,让我重整旧部杀退清军,以表忠心。只是怕你没有放我的肚量吧!"仁发一时被激将,竟果真将张嘉祥放了,只留下其余二三十人。结果过了数日仍不见张嘉祥杀退清军的消息,仁发恼羞成怒,想率兵追击却被劝下,为免耽误石达开进攻的时机只好率军回营。

  石达开得知此事不禁捶胸顿足,叹道张嘉祥必定投靠清军,今后又要多一敌手了。仁发羞得面红耳赤,谭绍洸却在旁冷笑不止。达开唯恐此二人又起争端,只好安慰道:"日后我们必能再擒张贼!"当下好言招降了那二三十名张嘉祥的旧部,又命大军前行,终于在桂平与洪秀全两军会合了。

第六回
萧朝贵奇谋劫军械
团练军恶战桂平军

话说钱江当初因鸦片案被判发配新疆,仍关在牢中。当时广州城有位世家子弟潘镜泉,因两广总督徐广缙与广东巡抚叶名琛不理政务以致内忧外患、民生多艰,一时激愤便写下数百张"不肖子、不孝男"张贴城内外,官府遂下令缉拿他。潘镜泉想起与钱江素有交情,便去牢中求个指点。钱江道:"如今还是走为上策,你可先去广西暂避!"潘镜泉原想投奔秀全,钱江却说:"你并非戎马英雄,还是投靠亲友吧。"潘镜泉便谢过钱江而去。

此后知府余溥淳命差役陈开、梁怀锐押解钱江出省。陈开一路上对钱江照顾颇为周到,可惜他缺乏谋略,钱江便想指点他。这天钱江看四下无人,便悄声对陈开道:"一路上多谢照顾!我看您是位人才,做差役实在耽误前程啊!"陈开听了面有愧色,钱江接着道:"现在秀全广西起义,您应该占广东之险牵制清兵,与秀全相呼应,必能成就大业。"陈开便说在佛山起事,进攻广州。钱江忙说不可,广东自古兵力充沛,若以草莽之众攻打兵多粮足的城池,定会大败,若从广州进攻佛山倒是可行。陈开听了不禁佩服得五体投地。

次日，三人继续上路，几天就到了韶州。过了此地就是湖南境内，需换人押送。韶州知府胡元炜把钱江另押在别处，还派了亲信专门看管，并立刻签了批文，命陈开两人回去。陈开唯恐钱江受苦，特意对钱江道："先生保重！不知何时才能再见？"钱江劝道："青山不老，明月长圆。请珍重！"又叮嘱陈开日后起事宜在省城，不宜在佛山。二人挥泪作别。

话说回来，其实钱江与胡元炜乃是莫逆之交，两人年少时便立志推翻清朝、光复大汉，还是钱江劝说胡元炜入朝为官做内应，又帮他就任韶州知府，可巧这次钱江之案就移至元炜手中。元炜特意将钱江请进内室道："天下绝不可无钱先生！明日请您放心逃去，以后的事情就交由我处理好了！"钱江忙道："不必如此，只要换一名狱中囚犯替我充军即可。"元炜道："换囚犯顶替恐怕泄漏消息，要找亲信才好，不过也要好好试探一番。"

少顷，府中仆役徐福进来，看到元炜独坐屋中，满面忧愁，忙问何事。元炜故意不说，徐福再问，元炜才道："钱江乃我多年好友，今兄弟有难我却不能相救，心中郁闷。"徐福道："小人蒙主人多年厚恩，恳求效劳！"元炜说不忍连累外人，徐福更坚持要帮忙。元炜这才把替换充军的计策说出，徐福爽快答应。元炜忙又请另一亲信梁义进来，一起定下计策：由徐福代替充军，钱江则自去广西。次日众人便依计行事，钱江终于逃出。

再说洪秀全大军与石达开会合桂平后，因众军齐聚广西并非长久之计，清将林则徐现又办理广西军务，冯逵便请命去杨秀清处,力劝他出兵湖南以牵制林则徐大军,这样才对义军局势有利。秀全本来不舍,但见冯逵主意已定,只好同意。

当时杨秀清正计划起兵,冯逵便到了。他先说秀全得胜的消息,众人听得满心欢喜,接着又说出兵湖南的计划,秀清道:"各项准备就绪,只是军械不足。"冯逵道:"听说清兵军火转运就设在梧州关中,若劫得此处,便不愁军械!"朝贵主动请命,并请洪仁发同行相助,另从团练军中挑了四十名熟悉水性、身强体壮的兵士,乔装为商民,一路到了梧州。恰好朝贵族弟萧仰承正在梧州做米艇生意,朝贵找他代租了十艘米艇,从水路直奔梧州关。

此时因桂平被围,梧州兵力都被调出,关中只有三四十人把守。梧州关吏见了朝贵的米艇,只以为是物资送到,便令扦子手十人前去查验,结果这十人被朝贵等人悄悄拿下。关吏见无人回来,又派十人,这样反复三次,关中兵力便被抓得差不多了。朝贵于是带众人登岸,趁官军不备攻入关中,劫了洋枪数千支,子弹十万颗,关库存银也一并运走。最后,朝贵把关吏和扦子手杀了个干净,也算是为民除害了。

那梧州知府朱元浩偶然到关中察看,这才发现军士被杀,仓库军械也被盗空。朱元浩惊骇之下,一面上报朝廷,一面派人侦察。不久探子回报:发现数十艘无主米艇,定是强盗劫走军械所用,只要查出艇主便可知强盗下落。萧仰承已然听说梧州关被劫之事,细想之下怀疑与朝贵有关,一时心虚唯恐被牵连便自己逃了。朱元浩得到消息,暗忖:雇艇的是萧朝贵,代雇的是萧仰承,那此事必是萧朝贵所为。他又听说桂平团练军中有个萧朝贵的名字,于是立即移交桂平县令处理此事。

那桂平张县令得到行文,不好直接去团练军中拿人,便给杨秀清发去一函,请他到府中叙话。冯逵知道后对秀清笑道:"必是萧朝贵兄弟劫关之事发作了,县令定是要捉拿朝贵兄弟,这是我们起事的好时机啊!"当下扮作随从与秀清一起到县衙,以便见机行事。那县令寒暄了几句,便说希望秀清主动将萧朝贵押到县衙中,以免损害团练军名声。秀清看了冯逵眼色,应道绝不姑息养奸,一定照办。

秀清与冯逵出了县衙,彼此耳语几句便分开行动。秀清独自去了团练军中,假装面色忧愁、垂头丧气,众人见了忙问何事。秀清叹道:"现本省有乱,官府命团练军前去征讨!我们本来只为保卫家乡,官府未曾发过我们半点枪械军饷,现在居然要我们充当前敌!此事我杨秀清拼死也不答应,决不置诸位于死地!"说罢放声大哭。萧朝贵在旁早已意会,便道:"我们不去,官府能怎样?"秀清道:"只怕县令要发兵拿人问罪啊!"此时洪仁达、李开芳、林凤翔等人早已暴跳如雷,大骂昏官。消息很快传遍各营,一时间人人愤懑、个个动怒。大家都道:"我们只保卫家乡,决不听从昏官差遣;若官军前来拿人,我们决不束手待毙!"这边冯逵已假冒秀清之名写信给张县令,就说因捉拿萧朝贵,团练军不服,恳请出兵前来压阵,张县令立即派了守备马兆熊带一营兵丁前去。

冯逵见官兵已到,便在军中扬言:"不好,桂平县果真起兵了!"团练军众人纷纷请战,一路就杀进了官军营中。可怜马兆熊不明就里,仓促迎战,那团练军又群情激愤,官军很快败走。杨秀清正要论功行赏,却见冯逵当众大哭起来,还道:"如今马兆熊大败而归,恐怕官府还会再派大军前来,诸位家人祖产均在此地,日后必遭报复。如何是好啊?"秀清立刻会意,振臂高呼道:"如今世道艰难,我们受惯欺压,既然今天已与官府开战,不如我们就此反了!"冯逵接着道:"看那官军弱如草芥,我们同心协力必能无往不胜,索性起义,与洪秀全先生彼此呼应!"众人齐声赞同。冯逵大喜,忙下令各营由恭城过全州,出兵湖南。

临行前冯逵悄悄命令亲信将附近民居田产放火烧个干净。秀清不解,冯逵说道:"这团练军是我们用计逼反的,并非有心起义。若官府知道了我们的计策再发榜公告天下,只怕这大军就要自行解散。现在他们无家可归,必能一心追随我们了!"秀清问:"如此放火烧山,他们记恨怎么办?"冯逵答道:"我就说为防清兵变卖我们的房屋家产以充军饷,不如烧个干净。"秀清这才叹服。那恭城偏僻且兵力不足,没过一日便被团练大军攻下。此时广西巡抚周天爵得知桂平团练军造反先大吃一惊,接着便收到恭城被破的军报,忙令向荣前去围剿。

第七回
云山早逝秀成入盟
平乐大捷义军扬名

话说向荣接到命令,忙向张静修道:"我前去追击杨秀清。请将军务必在营中坚守,若不能守,可退保桂平。你并非洪某的对手,切记!"张静修以为向荣小看了自己,心中怏怏不乐。向荣却转交了兵符,带兵直奔全州而去。

那团练大军一路取恭城、过灌阳、入新安,势如破竹,名声大震,忽听说向荣带队追上。冯逵向秀清道:"向荣必是一路急行军而来,不如我们退回灌阳以逸待劳,一战败之!"秀清便派出一千人潜伏在灌阳、新安之间。向荣恰好追到此处,只见杨秀清军中号炮齐鸣,众军分头杀出,向荣忙下令后撤。此时洪仁达、李开芳、萧朝贵三路大军已直冲敌营,清兵当即四散逃窜。冯逵乘胜带领中军亲自追赶向荣,不想左臂正中一颗流弹,几乎摔下马来,幸亏林凤翔及时赶来护卫。为保军心不乱,冯逵强忍疼痛对秀清道:"杨兄请务必全力进攻,方可挫了向荣锐气,那广西全省便唾手可得,否则我方军心必会大乱。"秀清请林凤翔保护冯逵回城,自己则亲率大军继续追赶。

逃出二十多里,向荣下令前军安营,以便待战,自己则率军阻拦追兵。杨秀清下令李开芳、洪仁达分两路进攻,向荣只好命提督张必禄迎战李开芳,自己抵御洪仁达。正在混战之时,萧朝贵率兵赶到,从右路攻向向荣前军。向荣唯恐腹背受敌,只好下令退兵,命张必禄先退,自己断后。萧朝贵便改由横向截击张必禄,李开芳也趁机攻去。向荣大军此时正被洪仁达牵制,动弹不得。朝贵一马当先冲入敌军大呼:"三军中,擒获张必禄者受上赏!"张必禄眼看逃脱无望,一时心慌意乱,自刎而死。此时向荣大军却已缓缓退去,秀清便传令收兵。这一场恶战,亏得向荣尽力支持,死伤还不算多,但提督张必禄之死令军心受挫,向荣只得向巡抚周天爵催求救兵。

　　杨秀清回营后先论功行赏、犒劳三军,随后便同朝贵看望冯逵。此时冯逵伤势已深,半响才说道:"冯某本想与诸位共谋天下、复国安民,现在却命不久矣,恳请各位珍重,来日共同成就大业,我便死而无憾!"朝贵不禁泪下,劝他好生修养。冯逵却道:"钱江先生才华出众,必可辅佐洪兄谋得天下,只是仍有一事,冯某放心不下。"秀清连问何事,冯逵停了半响才道:"那吴三桂妄自称王、残害同胞,最终自取灭亡,可以为鉴!"秀清听罢无语,恰好林凤翔此时求见秀清,两人便出去商议。冯逵趁机私下对朝贵道:"将来误大事者,必是杨秀清!恳请萧兄把此言转告钱先生,等大事成就之时,务必立即处置此人!"冯逵又叮嘱朝贵道:"不可大办丧事,以防向荣趁机偷袭。"说完便魂归极乐,时年三十八岁,正所谓天妒英才!

这边秀全突然听说冯逵已死，一时伤心，当即昏倒在地，半响才回转过来。石达开进言道："我想举荐一人，乃李秀成，藤县人氏，现年二十八岁，尤其擅于定国安民之策，才华绝不亚于冯逵兄弟！"秀全便请石达开前去劝服此人。

达开见李秀成道："洪秀全大哥久仰阁下雄才伟略，本想亲自拜访，只是军务紧急，因此命我前来。"秀成点头道："天下英雄，当属洪秀全。只是，此人有一大病。"达开惊问何病。秀成便仗义执言道："此人不思进取！久驻桂平城外，一旦清军趁机集结而来，那起义军就大局难保。他留胡以晃驻扎金田，命罗大纲坚守江口，分明是想久据广西，实在目光短浅！"达开听了不禁叹服，深感有理，忙请秀成去军中。但秀成深知洪秀全身边英雄豪杰众多，所以拒不前往。达开劝道："秀全爱才如命，贤弟不用担心！"秀成这才答应回营。秀全见到秀成后一面派人替他安顿，一面却仍怀疑他才干不足。达开便将李秀成的评说一一道出，秀全这才叹服，恳请秀成做谋士，可秀成偏要先立大功再受官职。从此，秀成便留在石达开军中，等候立功时机。

再说钱江自逃出后，多方周折才到洪军大营。秀全见到钱先生大喜，两人互诉近况，又共商军情。正在谋划时，却听说林则徐病故，大学士赛尚阿迁任广西督军，向荣已与张静修会合，劳崇光也率新军一万要进攻杨秀清。众人听了都面露惧色，钱江却仰天大笑："林则徐算得上是我敌手，赛尚阿却不足畏惧。这几日我军应进攻平乐！"不久，钱江偶然抓获平乐知府派出的信差，得知城中兵力不足，正待救援。于是钱江定下计策,叮嘱赖汉英如此这般。

那平乐知府周应鸿只以为向荣大军即将来到,因城中封闭太久,便打开西城门,又命军士严加查问才能放人通行。可城门刚开,来往行人很多,赖汉英便趁机与百名精壮假扮菜农混进城去。半夜,赖汉英在城中府衙和东西两城门放火,接着乘乱奔到南城门。此时守将都去灭火了,城门上仅余几十个残兵,赖汉英一举攻下,大开城门。韦昌辉则早已守在门外,当即冲入城来。周应鸿随后得知起义军已经进城,马上乱了阵脚,仓皇间又发现自己前后受敌,最终只好下马投降。第二日,洪秀全率众兵进城而来。

赛尚阿集合各路人马后,加上劳崇光的新军,声势已十分浩大。他一心想大举进攻,向荣却只想坚守。两人意见不合,但向荣只能听命于上官,最终赛尚阿命令张静修做前锋,劳崇光为后应,自己率军与向荣一起主攻洪秀全。

起义军这方,罗大纲率先锋军只战一会儿便开始后撤,张静修忙向赛尚阿请示。此时洪秀全却突然出战,张静修一想,捉拿洪秀全可是大功一件,急忙领军前来。不料秀全也只战一会儿便撤去,张静修一时脑热,率军继续追赶。这时向荣奉命赶到,忙下令撤退,张静修怀疑向荣是怕自己抢功,推托着不肯听命。却在此时军报传来:韦昌辉已开始进攻专存粮草的阳朔。张静修不禁大吃一惊,慌忙领军前去救援。

正在这时,秀全与罗大纲一起杀回,直冲向荣大军。韦昌辉也早已从阳朔撤回,反攻向荣后路。此时向军前后受敌,队伍大乱,军士被杀无数。赛尚阿听说清军大败,正要增援，却发现黄文金正从东面而来，因此赛尚阿不敢再分兵。向荣既被围困又无救兵，正在危急时刻，张静修从阳朔领兵杀回，两人一起率残兵向树林奔逃。秀全大呼追赶，黄文金也向向荣连发数枪，正有一颗子弹打中马身，向荣被掀翻在地，万分危急下，中营帮带郭定猷冲过来救起向荣。此时张静修正狼狈奔逃，赛尚阿也是无心恋战，混乱之中，突然有人来给赛尚阿送信道："向将军主张分兵而逃。"赛尚阿听后觉得有理，忙令张静修退去永福，向荣退至灌阳，自己则回桂林。秀全也只好收兵。

这场大战，清军三千多人阵亡，其中军将十几名。回营路上，秀全眼见尸横遍野、血流成河，心中实在不忍，长叹道："如此生灵涂炭、残害同胞，我也实在是不得已！"钱江此时恰在中途迎接，秀全便赞道："先生实在用兵如神！"回营后，全军大摆宴席，庆贺大捷。

第八回
向荣兵败山贼相救
秀清露相主婚避嫌

话说平乐大捷后,秀全命石达开、杨秀清继续追击向荣大军。杨秀清不解,朝贵便道:"向荣勇敢善战,且深得军心,我们务必斩除这个敌手!"秀清却满腹牢骚:"本来冯逵兄弟劝我进军湖南,钱先生却命我回击清军,不如我们自己攻去湖南得了!"朝贵听了,强忍心中怒气,不停劝慰秀清。秀清这才不再多言,聚众商议进兵之计。

赛尚阿逃至桂林时,兵力已不足三千,正想去灵川与劳崇光会合,却见他已来迎接。劳崇光请赛尚阿喝酒消愁,赛尚阿叹道:"当初以为平定乱贼易如反掌,现今看来,洪秀全果真名不虚传!"劳崇光也发牢骚道:"广西地区本就兵力不足,可广东自乌兰泰战死后就再无援军,我们实在难以支撑。"这时忽然听说向荣来到,赛尚阿与劳崇光急忙出门迎接。

向荣进屋,赛尚阿道:"将军深夜来访,一定有事吧?"向荣说:"是的,我军中有个叫江忠源的,有勇有谋,他料想杨秀清将要攻打灵川!"赛尚阿一想,灵川若是被攻陷,桂林也将陷落,便立刻召江忠源进来,商量御敌大计。江忠源说:"洪军一定不会把都城建在广西,所以不会攻打桂林,石达开的军队只不过是虚张声势,他们的目的是大举进攻湖南!"江忠源又一一说出打败杨秀清之计,赛尚阿听后大喜。

此时,杨秀清命秦日纲守营,萧朝贵、洪宣娇为先头部队,已向灵川进发,同时写信请求洪秀全接应。距灵川十公里处,萧朝贵见往常劳崇光都派重兵把守的灵川,今日却只在西北小山上有很少兵马,担心有埋伏,而杨秀清却认为向荣一定是闻风逃跑了,便命令今晚就须拿下灵川。快到灵川时,杨军果然遇到埋伏,秀清却不在意,令李开芳率二千兵力向西北小山进攻,林凤翔率三千兵力抵御埋伏军,自己与洪仁达亲自攻城,萧朝贵就地扎营,以备救应。

没想到城门并无人把守,洪仁达先引军进城,城内军民纷纷逃避,各家各户都关门关窗。洪仁达以为劳崇光也逃跑了,便命令军队四下扎营,李开芳也轻松打败了西北小山的兵力。黄昏时分,突然城中炮声震地,原来那些关门闭户的都是伏兵,正按江忠源指示分头放火,萧朝贵知道中计了,赶紧让洪宣娇去接应李开芳,自己去接应林凤翔。江忠源冒着烟火去捉洪仁达,洪仁达慌忙逃向仍在北门外安营的杨秀清,十分狼狈,江忠源继续猛追。

这时杨军军心已乱,急令各路撤退。江忠源、向荣、赛尚阿奋力追击,没想到后面突然有大部队蜂拥而来,三路清军只好马上撤退。原来是洪秀全接信后命令钱江统帅黄文金、罗大纲到灵川接应。萧朝贵本来是在撤退,见有救兵又立刻挥军杀回,跟罗大纲联手将向荣军队围困,向军伤亡惨重,江

41

忠源本要营救,但洪军势大,只好与向荣一起撤退。江忠源觉得计谋失败没脸见人,便要拔刀自刎,左右急忙阻拦。溃败的向荣正仓皇逃跑,忽然林里出现救兵,向荣得救。洪军怕有埋伏,收兵而回。

原来救向荣的正是张嘉祥。富川失败后他逃到这里占山为王,得知向荣兵败,便想借救向荣谋个出身。果然向荣看他也是一介勇夫,便收为义子,让他跟着自己。向荣带他去见劳崇光,但觉得自己被山贼救了很不光彩,便给张嘉祥改名为张国梁,并反称他剿平了张嘉祥。张国梁升为都司。劳崇光正与赛尚阿、江忠源商量计策时,洪军已将其围困,赛尚阿下令全力死守。洪军见灵川这么难打,便先截断灵川粮道,又干脆撤去西门一路兵力,让他们逃跑。赛尚阿和劳崇光先逃,江忠源带领残兵乘夜色逃出西门。罗大纲带兵猛追狠打,黄文金又从正面迎击,清军腹背受敌,狼狈不堪。经过两场恶战,清军死伤无数,只剩下四五千人。罗大纲领命乘胜收兵,使清军得以喘息。

清军探子报告:"从灵川逃出后,一路上并没有洪军埋伏,追兵只是虚张声势。"赛尚阿听后称赞江忠源料事如神,战败只是因为对方人马众多,便重赏江忠源。

洪军大胜,断绝了清军两广要道。洪秀全到灵川犒赏三军,所有将士都到了,只有杨秀清称病没到。秀全私下问钱江:"我猜秀清没生病,那是为什么不来?"钱江答:"这人眼光不定,面生横肉,一定不怀好意,现在当以大局为重,不能自相残杀,以后定要处理。"秀全听后半信半疑,又问萧朝贵,才知道原来洪秀全当初想借杨秀清的财力,便许诺他日后可登王位,没想到他从那时便惦记上了。后来三人又说起已逝的冯逵冯云山,深感痛惜,秀全更是流下泪来。

酒席上,黄文金看洪秀全像是哭过,便问:"自建军以来,我军战无不胜,哥哥为何满脸愁容?"钱江急忙抢着说道:"我们现在的胜利,是兄弟们同心尽力的结果,无奈忆起云山兄弟,不免伤感。希望兄弟们继承云山遗志,挽回江山!"全军振奋,举杯痛饮。酒间,钱江竟做起了媒,撮合秀全妹妹宣娇和中年丧妻的朝贵兄弟。秀全非常赞成,朝贵谦虚说自己配不上其妹,钱江说:"我们都是同心起义的兄弟,不要这么说,明天正好是黄道吉日,就把婚事办了!"朝贵没推辞,宣娇害羞地逃去,众人都鼓掌,痛饮。

杨秀清听说了这门亲事,怕自己的将士萧朝贵成了洪秀全的人,便故作高兴向洪秀全道喜,还提议自己做男家主婚人。钱江在旁听了,忙说道:"太好了,难得杨兄弟这么识大体!"此后两天,军中大摆宴席,庆贺萧朝贵与洪宣娇的喜事。事后萧朝贵问钱江为何极力赞成杨秀清主婚,钱江道:"这人心思不正,我们现在大事未成,若此时自相残杀,恐怕敌人要乘虚而入。而他这样做,是想笼络你,昨天酒席他没到,所以正想借此事避嫌。"朝贵听过,这才明白。

第九回
李秀成百骑下柳郡
曾国藩遵旨兴团练

再说石达开，钱江命令他由柳州进发，向荣知道这是想分散自己的兵力，所以没派重兵把守，只让刘金成率两千人马镇守。刘金成一听石达开军队快来了，马上飞书到桂林请求援助，可惜桂林兵力已不多，赛尚阿只派张国梁和江忠源的胞弟江忠济率三千人去救应。石军在离城十里的洛容安营，李秀成自告奋勇带一百精兵从小路夜攻柳州，石达开听后大喜。

李秀成率百人偷袭柳州西门，而东门戒备森严，西门却悄无人声，军士都担心有埋伏，秀成却道："东门是我军来路，西门当然不设重兵，我敢带一百人来此，正因如此。"便命令把软梯搭上城墙，军士一齐拥上，轻松攻入城里，于是分头在各要道放火，火光冲天，军声震地。听说西门被攻破，柳州知府也被杀，加上韦昌辉又率部队赶来，刘金成顿时吓得魂飞魄散，无心恋战。此时李秀成又攻破东门，里应外合，刘金成见情况不妙，快马逃跑。李秀成占领柳州城，第二天，石达开带大队到达，称赞李秀成用百人就打下了柳州。

之前说张国梁、江忠济要来援助柳州，结果才过永福县就看见刘金成的狼狈相,得知柳州失守,只好回到永福备战。赛尚阿听说此事,惶恐万分。江忠源猜测石军不会打桂林,应派兵紧守永福;劳崇光则道:"桂林是全省命脉,宁失十永福,不可失一桂林!"赛尚阿认为在理,便调江忠济、张国梁回桂林,令向荣、江忠源各带两千人接应。

江忠济刚撤退了十几里,发现前面山里有敌军,而后面李秀成已经不费吹灰之力攻下了永福,江忠济前后受敌。突然喊声大震,谭绍洸、洪仁发从左右两路杀出,石达开、李世贤也赶到,江、张两人急得分头抵抗。那洪仁发见了张国梁,正如仇人见面,恨不得生擒了他,张国梁急忙杀出一条血路逃向桂林,只有江忠济四面都是敌人,不能脱身,又怕受辱,于是自毙。

话说柳州、永福已被攻下,众人开始商量进攻湖南之事,钱江建议应先制定官制,按照次序统领军队才好,洪秀全点头称是,于是先将国名暂定为大汉,又定官制。官定杨秀清为第一天将,与胡以晃、秦日纲率军驻扎全军要道,平定已夺取的各地,并找机会拿下桂林;第二天将、复汉将军石达开;第三天将、虎威将军萧朝贵;第四天将、安汉将军韦昌辉;第五天将、各路救应使、靖房将军黄文金;第六天将、虎卫将军、中军左统领洪仁发;第七天将、定威将军、中军右统领洪仁达;第八天将、行军司马谭绍洸;第九天将、护粮使林彩新;第十天将、后路都督李世贤;第十一天将、前军副都督罗大纲;第十二天将、后军副都督赖汉英;左文学掾周胜坤;右文学掾陈仕章;中军管旗官吴汝孝、管令官龚得树;各路稽查李昭寿；裨将刘官芳、赖文鸿、古隆贤、杨辅清、张玉良、李文炳、何信义；第十三天将、帐前左护卫李开芳；第十四天将、帐前右护卫林凤翔；军师兼大司马钱江；第十五天将、参谋襄理方略李秀成；齐奉千岁洪秀全；又令陈坤书、吴定彩、苏招生、陆顺德四人，监督造船，沿湘江进攻湖南，水、陆相接。

官制制定完毕，石达开、罗大纲领命率马步人马首先起程，走时先发檄文：归顺仁君和正义，是千古正道。黄汉不幸，遇胡虏纷张，三将藩镇割据形势严峻，他们表面平定靖乱，暗地里是想篡权，腥风血雨，涂炭生灵。百姓怎能不悲哀！试问张广泗、柴大纪为何被杀？稍有不顺从，就招杀身之祸，苛捐杂税，营私舞弊，上瞒圣上，下欺百姓。洪秀全千岁同情生活于水火的百姓，奉大汉威灵，从事还我河山、拯救同胞的伟业壮举！现在广西已经平定，千军万马士气旺盛，正要解救其他不安定地区人民。凡官吏、军民，如归顺我大汉则都是大汉良民，如助纣为虐，拒绝归顺，天兵一到，玉石俱焚。本天将号令严明，赏罚分明，如违背法纪，轻则打，重则杀。各自深思，不留悔憾，如律令。

石达开的檄文在湖南引起相当大的震动。咸丰帝于是命令湖南巡抚张亮基招兵买马，兴办乡团，抓紧训练。

在这先提一个叫胡林翼的人，他非常聪明，但有些自负，与同省曾国藩、左宗棠、郭意诚三人是好友。一日，他去拜访罗泽南，罗也是湖南人，勇敢有胆识，受曾国藩曾公鼓励，开始研习兵书，林翼却讥笑他道："兵书只能糊弄无知的人，现在打仗靠的都是将士勇敢、器械精良。"罗泽南道："曾公要兴办乡团,想让我助他一臂之力,你觉得怎样?"林翼说曾公表面上很谦恭的样子,自然能使他笼络不少人才,但是人才必须在他之下,不能高于自己。这番话不免会让人觉得曾公是个嫉贤妒能的人。林翼知道罗泽南并不怎么同意自己的言论,说了几句闲话就告辞了。走到半路,遇到郭意诚,二人正好没事,便到旁边一座亭子坐下闲聊。林翼把刚跟罗泽南谈论曾公的话说给郭意诚,意诚说道:"你错了,曾公虽没什么才干,但将来肯定能居高位,你最好不要中伤他。"林翼却誓不与这样的人共事。意诚又说:"话虽如此,但有两句话你得记着:曾公的才干不如您,但您的福命不如曾公。"林翼听了不以为然。

这里表下曾国藩,湘潭人,在五兄弟中居长,常把忠孝挂在嘴边,早年得志,中了进士,又进了翰林院。但他总担心哪个弟弟也做了官会比自己强,就常说:"我是不幸才做了官,不能像你们一样侍奉父母,你们可不要离开父母,去做什么官啊。"几个弟弟只有四弟国荃了解他的心思,但他是兄长,所以也不好说什么。曾国藩表面一派道学气象,其实心性风流。他曾喜欢一妓女叫春燕,还为她作对赋诗,后来不知从哪染了癣癞,便认为是春燕不干净传染了自己,与她绝交,春燕愤恨自尽。他觉得有这病不好看,就编说是老娘生他时梦见了巨蟒,所以生得他浑身像鳞一样。

曾国藩一直以谦恭的形象赢得很好的名誉,张亮基就极力想让他办个团,但曾国藩偏要先得皇上谕旨才肯,张亮基只好上奏咸丰帝求谕旨。曾国藩接到圣旨,再加上洪军正气势凶猛地向湖南进发,他也只好马上办团练兵。然而自知没什么才干,便想要找人相助,正为找谁犯愁时,郭意诚突然到来。意诚道:"你家兄弟都不错啊。"国藩道:"我实在不愿兄弟离家,没人奉养父母。""曾兄向来赏识罗泽南,怎么忘记了?""一个罗泽南不足够,胡林翼怎样?"意诚接着说:"林翼自视清高,恐怕不能用。倒是塔齐布、杨载福,勇敢善战,一定能助你成功。"国藩称好,马上写信请罗泽南、杨载福、塔齐布三人相助,三人一看曾国藩这么抬举自己,高兴得很。

曾国藩募集了五千人,分为五队,令罗、杨、塔各统一路,自己统帅中路,只有一队没人统领。这时他的几个弟弟都表示愿意跟着哥哥,而他又摆出那套所谓孝道,无奈大家决心很大,最后曾国藩只好勉强答应带上五弟国葆。曾国藩奉旨带领大家日日训练,井然有序,张亮基连连奏报训练情况。

第十回
萧朝贵中计遭不测
杨秀清续婚谢秀全

且说石达开已到祁阳,衡州危急,张亮基亲自领军营救衡州,同时给曾国藩写信让他带领团练军接应,两路大兵直奔衡州。此时,洪秀全正在会客,那人正是陈玉成,湖北麻城县人,威风凛凛,相貌堂堂,武艺精湛,特别是枪法,百步之内百发百中,是胡以晃推荐来归顺洪军的。洪秀全对陈玉成的本事早有耳闻,陈玉成也愿意跟随洪秀全,效犬马之劳。二人聊得正欢,石达开求见,报告张亮基、曾国藩率两路兵来援救衡州一事,钱江先道:"曾国藩没什么可怕的,但他手下的罗泽南、胡林翼文武双全,贤弟不要轻敌啊。"石达开见旁边有一生人,洪秀全介绍道:"这位是胡以晃推荐来的陈玉成。"石达开连忙拱手道:"久闻陈兄大名,幸会幸会,我们正需要像你这样的能人!"玉成急忙回敬:"石兄弟过奖了。"一顿寒暄过后,洪秀全下令石达开攻打衡州,陈玉成、李秀成随从。

这时曾国藩的团练军已经到了,因为刚入湖南,钱江怕军队锐气不足,又令萧朝贵、杨辅清带五千兵接应。张亮基对曾国藩道:"洪军这次来这么多人,如果打起来,咱们肯定吃亏,不如坚守。"国藩道:"是啊,但如果不战,一旦洪军先分别拿下各郡,又旁入江西,那时四面紧急,可如何是好?"胡林翼道:"我听说杨秀清跟洪秀全有矛盾,不如派人到广西散布谣言,说洪秀全不跟杨秀清一起进军湖南,让他自己留守是想置他于死地,杨秀清听了肯定要怀疑,然后我守住衡州,另一方面,加紧调拨湖北各军,用来随时调遣。"罗泽南道:"洪军这帮乌合之众,不用害怕,我看不如一面派人进广西按胡兄说的做,一面跟他们开战!"曾国藩一向信罗泽南的,就下令按罗泽南的计策行事。先派人到广西,然后让曾国葆带兵驻守衡州,其他人都等着跟石达开一战。

石达开却命令各军后退十里,暂缓前进,另外派韦昌辉、李世贤在后照应杨辅清。胡林翼觉得石达开的兵力是自己的三倍,却突然退军,一定有诈,曾国藩却认为是胡林翼在广西散布谣言的计策奏效了,或者是杨秀清有变,便让杨载福和王兴国马上趁机追赶。突然山林出现洪军旗帜,忽然探马又报洪军已派苏招生、陆顺德沿湘江直奔衡州府。张亮基听了便要回去救援衡州,胡林翼道:"如果回去一定会被牵制,况且衡州府还有曾国葆驻守,不如先调兵断了敌军水路。"张亮基应允,便派人告知曾国藩。

曾国藩马上派塔齐布回去营救府城,石达开令罗大纲、陈玉成攻打曾国藩,留李秀成、萧朝贵牵制张亮基,自己亲自掩护船队前进。罗大纲、陈玉成来势太猛,罗泽南支撑不住,寡不敌众,突然北路冲出一支军队救出罗泽南,那人正是杨载福。没想到张亮基派去截断洪军水路的兵力都被石达开杀退。胡林翼说:"现在形势不利,不如假装去增援曾军,敌军看我军兵动,肯定赶来,这样我们就能阻止洪军了。"萧朝贵得知清军退却,马上请求进兵,秀成道:"恐怕他们不是真退,不要去追。"朝贵大喊:"大家都出战立功,难道我们做木偶吗?"秀成又道:"石哥哥都听我的,你为何不听?"朝贵道:"我跟着洪哥哥出生入死,哪有你说话的份?你立过多少功,竟来命令我?"说完,萧朝贵就带兵出战。

萧朝贵加速前进,追赶张亮基和胡林翼,没想到林内有埋伏,呜呼不幸,一颗子弹飞下来,正中萧朝贵脑袋。李秀成大怒,率军把数百伏军杀个寸草不留,又令将朝贵尸首扛回军中。洪宣娇听说丈夫战死,伤心不已,带一路女兵跟着李秀成一起去追击清军,杀得张、曾两军魂飞魄散。秀成与达开会合,达开道:"今日多亏兄弟计谋,全军大胜,可惜朝贵不听命令,失了性命,令人痛惜。"宣娇听后,更放声大哭。秀全得知朝贵殒命,也痛哭:"朝贵兄弟与我等出生入死,共谋光复,不幸先我而亡,朝贵啊!"便令厚葬萧朝贵。

众人恢复平静,又开始商量战事。钱江道:"清军大败,一定马上调长沙各路接应,并向江西求救,我们要先发制人。"于是令林彩新带五千人从小道先攻醴陵,又令来文龙、古隆贤各领三千人,分别攻取攸县及耒阳两县,并说道:"得了这三处,就是吓不着曾国藩,也能挡住江西的军队。"随后钱江与李秀成巡视湘江及西南两门,钱江道:"对方在湘江搭起浮桥,又派兵驻守,是想防我们从此进入啊。"然后命令吴定彩、苏招生、张顺德带水军冒险先进,将船篷用白铁包着棉花以防弹子,先烧浮桥,断了他们的接应,再以东门的火为信号,乘机杀入城中。又令陈坤书带水军掩护陆军,只要看到浮桥被烧断,就将陆军摆渡到右岸,杀散敌兵;令李秀成率万人同陈玉成、李世贤、赖汉英直攻曾国藩。又召石达开、罗大纲和韦昌辉、谭绍洸吩咐一番。

清军登上城楼远看:只见漫山遍野,都是洪军。林翼大惊:"敌军如此众多,而我调的长沙各军现在还没到,守城太难,不如先退兵。"曾国葆道:"不能战不能守,有什么脸见湖南父老,我宁死不退!"张亮基正犯难,攸县、醴陵、耒阳三处告急,请求援救。林翼说:"他们分三路进攻是想切断我们江西的救兵,但那三处远不比此处重要,而且我们已经顾不了自己,怎能再分兵去救援?"这时曾国藩赶来,亮基询问国藩意见,国藩道:"退后,不但衡州要失守,可能湖南湖北也要有危险,不如坚持一阵,等等长沙救兵。"

洪军水师烧了浮桥,陈坤书也渡陆军过了右岸,清军见洪军杀来,浮桥被毁,早已乱了阵脚。这时石达开、罗大纲攻至西南两门,韦昌辉依钱江计策每人带一包火药,放在城脚,轰然爆炸,炸了东门。张亮基见三路都被攻下,衡州已失,急忙带残败军士逃去。曾国藩早被李秀成牵制,进不了城,在塔齐布、杨载福的掩护下向北逃去。不料,洪秀全亲自带领李开芳、林凤翔将逃跑中的曾国藩围困住,突然胡林翼、曾国葆从西北方杀出,营救曾国藩。曾国藩正奔走时,坐下马忽然被击中,这时,胡林翼军中一员马将急忙跳马救了曾国藩,杀出重围,此人正是张玉良,湖南人,向来有勇有谋。

话说曾国藩被张玉良救回营中,不多时,仅剩的千把残兵败将也陆续回来，又走了十余里，曾国藩与张亮基相见，互相倾诉军败之事。张亮基道："早听胡林翼的就不至于有今天的失败了。"曾国藩说："朝廷让你我保卫湖南，若不战，长了敌军士气而使城池失守，恐怕人心要涣散啊。"说完，不觉泪下。随后又说若不是得到张玉良相救，早就命丧黄泉了。张亮基连忙召见张玉良，厚赏银子，命为营官。各城失守，清军军势衰弱，此地不能久留，胡林翼道："此处离衡阳不远，不如退到那里，调武昌、长沙各军，并招募新兵，再请江西援应，养精蓄锐，或许可以再战。"张亮基便传令各营退向衡阳。

衡州被占，洪秀全大赏军士，加官晋爵。钱江道："近来豪杰纷纷归顺，希望施展才能，报答国家，但为了官职，效忠二主，这样的人能用吗？且如果胜一仗就加一官，等到打下江山时，恐怕官位都不够封的。"秀全恍然大悟，停止加官，传令大宴将士。席间商量战事，决定先不攻长沙，而是先攻小地方，振振军威。敌军为保卫长沙调来湖北军队，我们就趁湖北空虚攻克武昌。

正商量着，杨秀清派人送来礼物犒赏军士，来人便是胡以晃的弟弟胡以昶。秀全问道秀清今日情形，胡以昶道："广西散布谣言，说主公要独自进入两湖，使秀清感到疑虑，加上前几天他的妻子去世，因此现在还没什么行动。"钱江说："这是敌人在挑拨离间，但现在最好以调和为主，我有一计，请主公决断。"然后贴在秀全耳边说出计策，秀全大喜。原来是想说服萧朝贵的妹妹萧三娘与杨秀清续婚，使她从中调和。三娘虽不愿嫁给秀清，但因这是秀全的意思，且又关系国家大事，只好答应。秀全备了一些礼物，并对以昶道："秀清中年丧妻，真是不幸啊，朝贵兄弟的妹子萧三娘，很不错，要是能与秀清结为夫妻，真是美事一桩。"

胡以昶回到全州，把秀全的好意说给杨秀清，秀清知道萧三娘有几分姿色，且有才略，心里很是高兴，点头称好，旁人也极力赞成，秀清便写信给秀全致谢。几日后，秀全派洪仁达护送萧三娘到全州就亲，杨秀清大摆酒宴，迎娶三娘，好不热闹。二人成亲后，很是恩爱，三娘照钱江嘱咐，在秀清面前大赞洪秀全功德，还说他时刻挂念秀清。秀清又说出广西谣言一事，三娘说："这是敌人的反间计，你竟然信了，我还听洪哥哥说过，只要大事能成，谁登位自己都乐意，这样看来，岂不是错怪了人？"秀清这才恍然大悟，怪自己一时愚昧，于是立刻书信给洪秀全道歉，秀全心中自然欢喜。

第十一回
李秀成英勇下长沙
洪天王改元续汉统

且说洪秀全下令率耒阳、攸县、醴陵兵力,进入江西;令水军向湖北进发,再到武昌;并令石达开带领先头部队先向衡阳进发。

曾国藩、张亮基回到衡阳,安抚败残军士,无奈武昌、长沙两路救兵迟迟不到。忽然粮务委员报告:粮期已过十几天,军中开始有怨言。接着探马又报:石达开已向衡阳进发。这又缺粮,又有来敌,吓得曾国藩魂不附体。罗泽南道:"石军不会马上到,当务之急是解决粮食问题,不如先向城里富商借粮。"城内有一间当铺家业富足,曾国藩自己也是乡绅,凭着这个身份前往借贷,缓解了军粮问题。这里不细说。回营后,曾国藩把军粮都分发下去,忽报石达开快到衡阳,曾军看此地守不住,就命令撤到长沙。结果石军直接攻下了衡阳。

曾国藩扎营长沙,翰林院庶吉士郭嵩焘,也是曾国藩的姻亲来访,道:"得知姻翁带军到此,特来拜访。"国藩道:"打了败仗,还哪有脸见人?"郭嵩焘道:"胜败乃兵家常事。我有一言,不知当说不当说?"国藩请他明说。嵩焘道:"洪军派水军于湘江,而我军只有陆军应敌,将来长江一带恐怕要落入敌军之手,因此,我们也应该创建水军,加以训练,巩固江防。"曾国藩点头称是,商议创建水军一事。

清军现在处境困难,不只湖南难保,就连长沙也很危险,张亮基认为军事失利与军中缺少谋划之才不无关系,便要提拔胡林翼为湖北巡抚,掌管军事,林翼则向张亮基推荐一人:"这人性情豪迈,胆略过人,如得到他,军事一定会有起色。他乃湘阴人氏,姓左,名宗棠,就是郭意诚先生所说的当今诸葛亮。"亮基道:"我听说过这人,学识很高,但为人高傲,恐怕控制不了。"林翼道:"您是想用人?还是想控制人?如想用人,那么只要他对军事有用就行,若想控制人,那我也要告辞了。"亮基恍然大悟,先谢林翼,又令他去请左宗棠。左宗棠见胡林翼来访,猜他是为军事而来。林翼道:"现在长沙各军接连失败,虽是由于寡不敌众,但也是因为军中缺少可以谋划之人,我奉张公命令前来拜见,希望阁下能为救国出谋划策。"宗棠本意不想,林翼极力劝说,一番对话之后,宗棠道:"若是军事,我就不参与了,若是处理一些衙中事务,我倒愿意。"林翼将宗棠想法告知张亮基,并道:"他若能到衙中任职,看见军事紧急,能坐视不管吗?"张亮基认为有道理,便派胡林翼再请左宗棠,左宗棠没再推辞,从此,长沙事务就由左宗棠办理。

洪军进入衡阳,洪秀全召集兄弟商讨进攻计策。突然水师统管陈坤书到,报称:"清军在洞庭湖大造水军,要与我对抗,现在湖北大半兵力都调到了长沙,若能乘虚攻克湖北,那湖南也不在话下了。主公认为怎样？"钱江说："真是天助我也。先让水军从洞庭湖攻下岳州，再拿下汉阳，那武昌也将轻松可得。现在趁他水军没准备好，我们应马上出兵才是。"洪秀全便调给陈坤书五千精兵，从水路先去，大队人马紧跟，进攻长沙。

话说曾国藩正与张亮基商议如何防御，探马飞报：洪军已攻破洞庭湖，向岳州进发，岳州危急。张亮基大惊，请曾国藩一起退入长沙，话还没说完，洪军已到。只见附近村民拖儿带女，纷纷逃窜，呼声震地，军心惶恐。罗泽南道："现在退入长沙已来不及了，请下令，在此迎战。"此时，洪秀全已令李秀成同谭绍洸、黄文金、李世贤、赖汉英、洪仁发、洪仁达攻打曾国藩，全军围攻长沙。曾国藩只好令江南提督余万清领先头部队迎战，结果还没做好准备，李秀成就到达长沙，把余万清吓得魂不附体，军中乱作一团。秀成趁势攻打，曾国藩急令塔齐布、罗泽南、多隆阿一起抵挡，才得以后退三十里安营扎寨。洪军长沙一战，大获全胜。

洪秀全领大军向前行进，在岳州途中，忽然石达开部下曾天养献上一颗玉石，晶莹可爱，并道："这是长沙陷落时所得，小将不敢私藏，因此献给主公。"秀全听后，与大家传看，觉得这块玉面面通灵，是个宝贝，而且玉中隐隐出现太平二字。钱江首先赞道："这是天赐给主公的。"因此传遍各个军营，全体齐呼万岁，秀全大喜，提拔曾天养为都指挥使。

走到岳州，只见陈坤书已在城里，原来陈坤书不费力气已经拿下了岳州，秀全高兴极了，全军欢乐。这时大家都有

中国历代通俗演义故事

曾天养献宝玉

了推举洪秀全称帝和改国号的心,钱江说道:"天赐玉玺,机不可失啊。"秀全开始还推辞,钱江又道:"现在万众一心,如主公推辞,会让兄弟们寒心啊。"这时石达开、李秀成、陈玉成、韦昌辉等所有大将都进来,一齐俯身,大呼万岁!

话说众将一致推选洪秀全称帝,洪秀全便道:"大家信任我,我不敢不从。现在应先定国号、颁布法制才是。"钱江道:"主公以宗教起义,崇尚天父天兄,主公既然成为天子,就可称作天王,国名可以叫天国。另外在长沙城外,已有玉玺出现,并露出太平二字,这都是上天旨意,年号就定为太平吧。"众人听后都鼓掌说好。于是改称太平天国元年。

清入关时,下令剃发,并屠杀汉人无数,这是汉人的耻辱,洪秀全建太平天国后,马上命令钱江改定制度,汉民一律蓄发、穿汉服,恢复黄汉的威仪。洪秀全戴王冠,穿黄龙袍,祭拜天父天兄。后来说到论功行赏之事,钱江道:"可仿照汉朝制度,定为侯爵三等,往下就是都尉、检点、都督等名目;文官设总丞相府,掌管机密大事,其他六部都做丞相。"秀全道:"自从起义,兄弟们就与我出生入死,患难与共,现在只让我一人列居高位,不能使兄弟们共享荣华富贵,我于心不忍。"钱江道:"大王错了!天赋虽是平等,但职位应有高低,况且总要有人发号施令才行。大王可以使君臣如友,不一定名位平等才是亲是爱,且从古到今没听说过君臣尊位相同的。就算大王不忍心专权,百官也应有个次序,否则很难服众啊!"李秀成道:"钱先生说得对,若权势相等,有谁肯听从命令、服从调遣呢?"秀全听后还是不能释然,又问石达开意见,达开道:"论谋事,我不如二位,何必问我？臣等不是不想居高位,享富贵,但恐怕现在还不是时候,请大王三思。"

杨秀清听说大家拥戴洪秀全之事,与三娘商量后,便来拜见洪秀全,秀全便把要封各位兄弟王位的事说给秀清,秀清道:"大王自广东起义以来,众兄弟就舍家追随,正所谓生死与共,祸福相同,现在大王有今日,若不跟兄弟们共享富贵,实在不该啊。"于是洪秀全封王之意更加坚决。钱江又道:"正如秀成所说,恐怕各王相争,互相不听从啊,看来大势要去了。"说着竟然泪流,黄文金、洪仁达扶钱江出去,石达开、李秀成也告辞了。钱江与李秀成道:"我们跟着大王患难以来,言听计从,真想不到会有今天啊。"达开道:"国家的隐患就潜伏在此,不只是我们不幸,是大汉的不幸啊。"钱江又哀叹道:"都是因为大王畏惧杨秀清,想跟他结好才听他的,云山兄弟如果在,一定不会让大王这么做。"石、李二人也叹息,三人各自回屋。

钱江出去后,秀全有些后悔,但话已说出,不能更改。于是封杨秀清为东王,追封冯云山为南王,萧朝贵为西王,韦昌辉为北王。又封洪仁发为安王,洪仁达为福王,石达开为翼王,钱江封靖国王兼大军师,领丞相事。封秦日昌为天官丞相,胡以晃为地官丞相,李开芳为春官丞相,林凤翔为夏官丞相,黄文金为秋官丞相,罗大纲为冬官丞相。又封李秀成、陈玉成、曾天养、李世贤、谭绍洸、赖汉英为副丞相。还有李昭寿、陈坤书、杨辅清、苏招生、吴定彩、陆顺德、洪容海、罗亚旺、范连德、万大洪、林彩新、邬云官、林启荣都任元帅,兼都检使。分封完毕,杨秀清又上奏道:"六宫内政不能没人主持,我有一女,年已十八,贤良淑德,想要侍奉大王,帮助打理内政,不知大王意下如何?"洪天王很是欢喜,便准奏。杨秀清本来就在各王之首,现在又成了国丈,而且李开芳、林凤翔、杨辅清等亲信还都任丞相要职,其势力不可抵挡。

第十二回
曾天养领计火汉阳
洪天王开科修制度

建国之事安排完毕,秀全便召集众臣商讨如何攻打湖北。钱江称有病没到,洪天王知道他是因为封王的事伤心没来,所以自己心里也不自在,李秀成也是一言不发,只有杨秀清为了立功,巩固地位,主动请兵攻打汉阳。众人纷纷献计,天王因为钱江没到,不敢决断,便说要再想想,其实与秀成一同去见钱江。秀全道:"今日贤弟为何不发一言?"秀成道:"现在官级已定,臣弟在下,自然应听诸王命令,怎敢越权?"天王叹息:"我不听钱兄及贤弟意见,真是误了大事,事已至此,恐怕日后更多虑,只是后悔已晚啊。"说完又一声长叹。

说着说着便到了钱江住处,钱江道:"今日商议战事,正赶上臣弟生了小病,没能觐见,现在又劳天王屈驾到此,怎敢当?"天王说:"一是来看望你,二是刚才谈到攻打汉阳时,有的说明攻,有的说暗袭,我不能决断,所以来征求先生意见。"钱江沉默片刻,将计策一一说出,洪秀全便立刻命石达开领军,李秀成为副将,领兵三千趁清军各路救援还没有到位先发制人,渡江攻取汉阳。洪天王临走时,还把昨日没听取意见执意封王的事向钱江道歉一番。

又说江忠源已到湖北任按察使,管理军务,向荣被授为钦差大臣也正从广西赶往湖北。江忠源命令副将朱翰领兵五千,与汉阳知府董振铎合力抵抗,实际是虚张声势,自己随后进发。石达开知道汉阳没有备好战,命令兵士快马加鞭,趁虚而入。又令陈坤书带大船四艘,小船十艘先进,大队水军随后沿江而下,攻打西南两门。董振铎怕城中失守,顾不上与朱翰联系就将兵力转移到南门沿岸,兼顾西门。李秀成看见城内兵有移动,就调兵进攻朱翰。秀成对石达开道:"最好派英勇之人,趁着黑夜,直达城下,用火药炸城,清军肯定慌乱,朱翰定可打败。"话音未落,曾天养就自告奋勇带一百精兵携火药进军。不多久,只听霹雳一声,火光冲天,整个汉阳城被烧得一塌糊涂,朱翰命令放枪攻击,李秀成正在擂鼓进军,黑夜看不清,忽被一颗子弹击中左臂,秀成怕鼓声一停影响士气,只好忍痛继续擂鼓。这时,左有李世贤,右有陈玉成,几路大军一齐拥上,有如排山倒海,杀得清军狼狈逃窜,朱翰见已不能逃脱,拔剑自刎。

汉阳城被大火焚烧严重,曾天养趁势杀入城内,正要再焚烧城内屋舍,李秀成赶到大喝道:"城池已拿下,百姓是无辜的,兄弟不要再放火了。"于是命令分头灭火,并责备曾天养以后不能滥杀无辜,要有爱民之心。

话说洪天王得知汉阳被收,便同杨秀清、钱江等一齐到汉阳驻扎。武昌在长江上流,得武昌便能震慑江南,杨秀清认为全军士气正盛,且汉阳与武昌仅一水之隔,攻克简直易如反掌。钱江则说向荣之前大败,现在却仍被重用,手上有不下三万兵力,又有张国梁相助,现在关键要先防止他与江忠源里应外合,后再攻打武昌,这样才稳妥。秀清认为钱江故意跟自己作对,很不高兴,秀全道:"贤弟不必生气,就请带兵抵挡向荣,我再调拨一员上将助你。"然后派李秀成带五千兵接应杨秀清。

向军到达武昌城东路的洪山,见汉阳已失,不想全力守城,便分路进军。钱江知道后令大军先不要进攻,而杨秀清却正要渡江来攻打向荣,李秀成上前阻止道:"天王有十万大军都不敢马上渡武昌,现在东王若急着进兵,失败的话会恐怕无法收拾啊,请三思。"秀清不听劝阻,仍命令渡江。钱江得知后急忙对天王说:"东王这样,怎么服众?我一定要阻止。"没承想军令到时,杨秀清已渡过右岸。

向荣听说东王向来不听军令,便决定先用计攻破杨秀清军队。于是传令军中不要轻举妄动,听候指挥一齐进发,令张国梁在江边扎营,截断洪军水军,又令总兵汤贻汾、陈胜元分左右两路备战,张敬修接应。

杨秀清令邰云官、万大洪分两路进攻,见向荣没有动静,只好收兵。黄昏时,又派兵出战,向荣依然不动。来回几次,无奈向荣仍然不动,杨秀清只好愤怒收兵。谁想第二天天还没亮,忽听人马喧天,鼓声震地,向荣人马已杀到营前。杨秀清军中人没来得及披甲,马鞍也没配好,都如梦初醒,根本没有招架能力,而向军养精蓄锐很久,个个耀武扬威。杨军不能抵挡,各自逃窜,向军趁势追击,杨军损伤严重,大败,幸好老将林凤翔及部将李昭寿突然杀出,救下杨秀清。

杨军兵败，钱江大惊，立即请令："令石达开、韦昌辉、黄文金、洪仁发、陈玉成、罗大纲，分别沿浮桥六道，直攻武昌城，以此挟制向荣，这样武昌可以攻下，向军还能退去。"天王应允。钱江嘱咐六将，带兵不在多，关键要快。听说洪军六路一起进攻武昌，正在围追杨秀清的向荣知道不妙，若武昌被攻下，湖北就不保了，果然下令退兵，奔回洪山。

且说陈坤书率水军冒险先进到南岸，陆顺德等数十位勇士先登上陆地，出其不意，杀倒守城军士，大喊道："天国兵已攻进武昌城了！投降者免死！"城中大乱。此时石达开等六人在西门一带与清军激战，杀得清军落荒而逃，江忠源起初还故作镇静道："武昌城池高深，洪军哪那么容易进来？"待韦昌辉、罗大纲也抢进城里，几路大军配合，纷纷把火药抛下城边去，西门城楼一角被炸得粉碎，眼看城楼都要倒了，江忠源已无力回天，武昌城失守。

没多久，洪天王、钱江全军到达武昌，洪天王认为武昌已坐定，便要先进城。钱江认为武昌虽攻下，但人心慌乱，天王是万民之主，要谨防不测。天王听从钱江之计，派邓胜带步兵先行，果然城内有埋伏，邓胜措手不及，死于马下。若没有钱江一谏，天王怕是生死不卜，洪天王甚为感激，随即又派赖相英进兵，黄文金也急忙赶到，把城内几十个余兵全都砍成肉泥一般，然后迎天王进去。

一日，天王召集各将商量下一步攻打什么地方，杨秀清极力建议从河南直取长安，建立都城，然后分兵四川。钱江道："在江南进退都可以，若是舍弃这里而向西行，会使清军恢复元气。"大家议论纷纷，大多数主张攻取长安及四川，只有钱江、秀成、达开主张攻金陵。洪天王一时无法决断，便令退下。钱江对秀成道："现在东王得志，天王都听不进去我们的意见了，要是军队改向西行，那天下就完了，怎么办？"秀成说："为何不把现在的形势详细报给天王，看他是否有转意。"钱江认为有道理，便回去拟定了一篇《兴王策》，呈给洪天王。

钱江在《兴王策》中，先申明了天王要改变中国二百年的胡虏之制，光复大汉的伟大抱负，又详细分析了当前形势、各地战略位置以及攻取的谋划，字字句句都充满光复大汉的决心和对洪天王实现复国抱负的崇敬，情深义重，忠心可见。第二部分则拟定了十二条兴国大策，谈道：当今中国大势，燕京如头，江浙如心腹，川、陕、闽、粤如手足，若攻下江南，如同针扎心腹，必能危及生命。所以应该先攻取金陵，使南北隔断，然后一路从湖北进河南，一路从江淮进山东，在北京会合，砍断其大脑，等北京攻下，还担心川、陕不服吗？应该先解决当务之急再去考虑其他，这是第一条兴国大策。随后又谈到了财政、通商、农业、百官制度、铁路矿务和重视女子教育等问题。钱江近万字的谏言打动了洪天王，他感叹道："靖王真是少有的济世人才啊！叫我怎么能不信服？"此时，洪天王早已回心转意，打定主意要先攻取金陵。

钱江又说："现在湖北已定，应该马上开设考试选取人才，来安定人心。"洪秀全便下令开科取士，并让钱江和石达开任主考官。附近武昌一带听说兴国开科取士，也都纷纷响应，报考的不下五六千人。考试与清考试不一样：第一场是政治时务；第二场是制艺；第三场是诗赋。不限制添加标注和涂写修改，不用抬头，不规定字学，比较宽松，因此人才都得到了真正的发挥。兴国人刘赟宸三场考试都答得切中要点，被提拔为状元，榜眼是安徽宿松李文彬，探花是湖北黄州王元治，另外还有二百人也及第受赏。

　　刘状元投拜到钱江门下，一日，对钱江说："恕学生直言，我看军中各官都气宇轩昂，只有福王洪仁达、东王杨秀清，如同曹孟德说司马懿，是狼子野心，先生要防备啊。"钱江叹道："英雄所见略同，等天下平定，定要处置。"从此，钱江更加赏识刘状元，还时不时在洪天王面前替刘状元美言。一日洪天王问刘状元："中国被胡虏灭亡已二百年，我为了大义而起兵，希望恢复中国，可为什么我们所到之地，都遭到抵抗，难道要恢复中国是错的吗？"刘状元说："是因为百姓的一种习惯。自从清乾隆、嘉庆以来，我们的百姓已忘记了亡国之痛，大王愤然起义，聪明的人知道是救国救民，愚昧的人就说是作乱犯上，谁又知道中国是谁的土地？从现在起，可以派人到处演说，使百姓知道我们起义的原因，理解我们，那么人心自然归顺。"洪天王觉得非常有道理，又想到新科及第的二百余人正好没有职位，不如给他们俸禄，让他们四处演说，不是很好吗？于是洪天王派他们到各府州县，分头演说，果然百姓都知道了洪天王出师有名，因此人心凝聚。有的演说竟能说得百姓潸然泪下，很多到别处避乱的人都回到了武昌，那些天国没有平定的地方的人也都迁来武昌。

　　一日，天王召集诸将说道："蕲水、蕲州两地形势混乱，应当乘乱取胜。"林凤翔、洪仁发主动请求带兵出击,经过一番激烈交战,分别将蕲水和蕲州攻下,到这时,湖北各郡县已经基本都被攻下了。于是洪天王下令大改国制,重新制定刑法和规章制度,把清的酷刑都去除了:死罪最多到大辟,行刑只能用藤条打,罪轻者可以免刑,又禁止跪拜,百姓大喜。官制方面也有改善,文官乘舆,武官乘马,减除仆人随从;诸王都穿黄袍,侯相穿红袍,往下都穿蓝袍;文官衣服分凤、鹤两种,武官分麟、狮两种等等,制度井然有秩序。自从太平军进入湖北以来,来归顺的人有数百万,得到的清库银也有百余万两,粮食器械不计其数。这时正是太平天国三年。

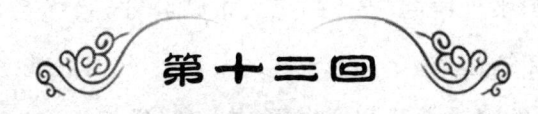

第十三回
向荣大怒训斥建瀛
钱江施计巧斩文庆

当时也是清咸丰三年，因为赛上阿军队一直无功，清主便让琦善代替他，并与向荣一样任钦差大臣。琦善统领五省及东三省马步兵三十余万，在河南镇守，同时观察湖北形势；向荣统帅安徽、湖南、广东不下十万兵力，驻守在安徽抵挡前方敌人。清主又令曾国藩率兵一起攻打湖北太平军。这时，洪军早已决定要攻取江南，洪天王听得这三路人马，声势很大，有些担心，便立刻与钱江商量对策。钱江说："曾国藩以功名为重，肯定想要收复湖北，我们要派上将领军，在汉阳驻扎等他来；九江是江南几个省的咽喉之地，不如先占领它，断了各省交通，也可以顺势进入江西，分散清军兵力，然后我带领大军，攻下江西。"自此，洪军开始东征。

洪军水、陆各六万镇守汉阳，大军分作五路，各有大将率领，第一路、第三路为左军，进宿松；第二路、第四路为右军，进太湖；洪天王亲自带兵作为救援部队，五路大军浩浩荡荡，开进安徽。向荣得到情报，大惊道："他们来得也太快了，而且太湖、宿松两地是安徽的第一重要门户，敌军分水、陆而来，我们的水军还没有准备完备，肯定要吃亏。"便急忙令汤贻汾、张国梁火速起程，到宿松、太湖驻守；自己与江忠源各统大军，陆续进发。

洪军的精锐部队都在左军，个个凶猛如虎。石达开让军士故意做出扛锄来回搬运的样子，汤贻汾从城楼上看见以为洪军在挖地道，要炸城池，便赶紧命令军士再挖壕沟阻拦，但半天也没见洪军有什么动静。到了夜里，忽然鼓声大震，号声四起，地雷爆炸，后路城墙整整陷落了三四丈。石达开、陈玉成同时进攻，汤贻汾被两面夹击，盼望向军赶紧来救援，可半天都没等到，军心开始动摇，粮草又已经断绝，汤贻汾更加绝望。正在这时，忽然收到石达开的书信，原来是封劝降书，虽是劝降，但情真意切，表达赏识汤贻汾才干，希望归到洪军，共谋大事之意。汤贻汾虽然被书信打动，但作为清军将领，自然不能投降，但知道自己已无力抵挡，便在屋中自尽，只留下遗书，说愧对城内百姓，只希望石达开不要屠杀百姓，以民命为重。石达开见汤贻汾竟有一颗爱民之心，很是钦佩，也很为他惋惜。

石达开令三军进城，一路上安慰受难百姓，没伤百姓毫发。县令以下都来拜见石达开，只是不见汤贻汾的副将彭定基。达开便亲自去见彭定基，彭说："做官却没守住城，深感愧疚，为了百姓性命不得已才迎将军进城，难道还要为了求荣再在将军面前屈膝吗？"达开听后难以心安，叹道："君不愧汤公的部将啊！"待洪秀全大军到达，得知清军也有汤贻汾、彭定基这样的正义爱民之人，大加称赞，便令厚葬汤贻汾，优恤其妻，并任彭定基为都检使。

话说向荣领兵五万往宿松来,刚过徐家桥,听说宿松已经失守,汤贻汾自刎,彭定基投降,一阵吃惊,忽然又有探马报告,说张国梁没守住太湖,已退到潜山,江忠源也在潜山,听候钦差指示。向荣听到两路都失败,顿时胸中起火,大呼一声,差点落马,幸好左右扶住。便令部队在徐家桥扎营,派人打探洪军行程,又令江忠源守住潜山,巩固好安庆的西北门户,并飞书给两江总督陆建瀛让他带兵前来,不久,张国梁也带兵赶到。清军总计十余万,备战洪军。

李秀成、林启荣已攻下九江,钱江令林启荣扎守九江,又因九江为几省要道,于是令秀成带兵游击,阻止清军各路援兵;令黄文金、李世贤留在太湖牵制江忠源。为防止琦善由汴梁南下,又令洪仁发领军两万,护送粮食,同时照应武昌。安排妥定,又改派石达开、罗大纲为前锋,离开宿松奔赴前线。

洪军行了一日一夜,正遇向军,相隔二十余里。钱江探得附近一座小山是用兵咽喉之地,便令韦昌辉带五千人先占领此山。陆建瀛想分一些兵力去攻打,向荣看出洪军是想借此削弱自己的军势,便阻止陆建瀛,陆建瀛却说:"我是总督,令由我发,你怎能阻拦?"向荣生气说道:"我们都为公事,只求有用,你要以官位压我吗?"陆建瀛没有回答。向荣又传令军中:没有钦差号令,擅自行动者斩!陆建瀛一听此令,更记恨向荣。

且说钱江探过向荣虚实,便回营召集诸将道:"向军军备整齐,军营坚固,不好进犯,只有右军不够整齐,想必是陆建瀛之军,我们就从此下手。"便令韦昌辉占据山林深处,遍插军旗;陈坤书率水军驶向下流,袭击安庆,阻断向、陆两军后路;令石达开、罗大纲冲锋在前,明攻向荣,实际攻打陆建瀛;又唤洪仁发、李开芳道:"你二人准备火箭接应。"又令谭绍洸领军五千跟随石达开攻打向荣;再令陈玉成领兵一万,直攻陆营。又嘱咐曾天养、林凤翔如此如此,自己做各路接应。

钱江安排周密,洪军几路大军同时进攻,气势凶猛。虽然向荣早料到钱江之计,并且一面让陆建瀛准备守御,一面令张敬修加长筑堤御敌,想等洪军疲惫时,趁势掩杀,但也终敌不过洪军的十万雄狮。向荣又担心安庆也守不住,只得传令三军,向集贤关奔走。陆建瀛对中丞蒋文庆道:"安庆不要紧,如果南京失守,则关系重大,我身为两江总督,不得不先顾及根本,中丞就留守安庆吧,我现在要先回南京去了!"说完就领军先走了。陆建瀛不战自逃,清军将士都很愤怒,蒋文庆只得将安庆省城四门紧闭,终日死守。无奈洪军水、陆一齐进攻,已离城不远,蒋文庆吃惊不小,吓得魂不守舍,王兴国则极力劝说蒋文庆到潜山与江忠源会合。

话说蒋文庆杀出安庆,直奔桐城,要与江军会合,谁承想刚到八龙山,忽听林中纷叫:"蒋文庆快拿命来!"原来黄文金、李世贤得到钱江命令,要打着蒋文庆旗号,假扮清军进入潜山,攻打江忠源,便先在此埋伏。一番交战后,蒋文庆中弹身亡,李乘鳌自尽,李时中投降。钱江便令清兵脱去号衣,让太平军穿上,又在军中找出一个面貌相似的,扮作蒋文庆,改走碎石岭,沿三桥到潜山打算活捉江忠源。

太平天国演义

忠源得救渡对岸

洪军假扮蒋文庆军队到达潜山，江忠源由于等待救援心切，果然轻信，中了钱江计谋，洪军气势太猛，江忠源抵挡不住，带领仅剩不到一万兵力冲出北门逃走，黄文金立刻追赶。江忠源出了潜山，边走边恨自己中了计，忽听后面追兵喊声大震，军士便死命向前奔逃。逃了数里，忽遇一条长河拦路，这前无去路，后有追兵，军中纷纷叫苦，魂魄不全，江忠源心里也叫得苦，却还故作镇定，命令军士沿岸而走。黄文金越来越近，守备颜本元大呼："敌兵到了，中丞必须马上过河。"于是，江忠源掉转马头，退回数十步，又使劲策马，想要飞渡过河，结果马到河边，不敢飞渡，双蹄高抬，把江忠源甩在岸边，江忠源长叹一声，此时天国军枪声乱鸣，弹如雨点，清兵有的已经过河，有的正在河中，有的还在岸上，哭喊声震地。江忠源料到要被捉，急得要拔剑自刎，忽然飞出一人，夺下江忠源的利剑；一手扶住忠源，一手凫水，很快便渡到对岸。这人正是鲍超，生得虎头熊额，豹体猿腰，身长五尺有余，年约三十几岁，四川人氏，是清军游击。鲍超翻山越岭轻快如猿，声如巨雷，因此人们都称他为鲍虎，也有称他豹子的。鲍超因为救了江忠源，被升为参将。

第十四回
智钱江设计破吴来
洪秀全定鼎金陵郡

且说黄文金志在活捉江忠源,追到河边,见他已被救走,便收兵回到安庆。洪天王很快也领军赶到安庆,慰劳各将:"多亏各位兄弟汗马功劳,才攻下安庆!"众将答道:"这都是得了大王的威福。"天王传令,犒赏三军,并论功行赏。只是曾天养不幸阵亡,让大家很是惋惜。洪秀全决定收养他的两个儿子,曾绍文和曾绍武,众将看天王如此重情,都十分感激;经历一场大战,天王怕军士过于劳累,又传令休兵十天再出战,这个令一下,军心更加稳固。

一日,驻扎汉阳的杨秀清突然来报:称清廷改派湖广总督和新任命的湖北巡抚胡林翼一同驻兵鄂州,且湖南巡抚又换成骆秉章,可谓一虎未除,又添一虎;曾国藩又调乡团军前去助战,各路人马,声势浩大,誓要恢复湖北。洪天王听后,很是忧虑,竟想调兵回去守武昌。钱江道:"现在安庆攻下,金陵已在掌握之中,一鼓作气进攻向荣残军,定能拿下整个江南。若现在回兵,日后很难再有这个机会了。我认为,宁失十个武昌,不能失一个金陵啊。况且东王秀清几万兵力也都不弱,未必就会失败。"天王应允,但还有些不放心,便派黄文金率军万人回汉阳援助，一面商议讨伐金陵之计。

此令一下，忽报清布政使李本仁，按察使张熙宇，起兵来援安庆。钱江急令石达开到清军必经之路公公岭埋伏。又令韦昌辉："在公公岭后路，打五色旗号，来回出入轮换，以显示我军容之威，他们一定撤退。"果然李本仁、张熙宇走到公公岭一带，看见旌旗整齐、军容威仪，便不敢进兵，这时突然炮声大作，埋伏在此的石达开带兵冲出，打得他们措手不及，狼狈逃窜。石达开再立战功，钱江记在功劳簿上。

向荣与江忠源分南北两路进兵，想恢复安庆，本指望琦善从汴梁南下，攻打湖北，截断洪军后路，无奈琦善迟迟不动。钱江道："既然他们想打，我们不如先发制人。"便令石达开、李世贤为先锋，大军随后启程，向金陵进发。忽报清水军将领吴来带闽、粤数千艘船，又借来西洋大炮数百尊，由吴淞走水路来攻安庆。钱江听后，先令陆军扎下大营，再设法攻破吴来水军。钱江道："今日正是仲春天气，阴云密布，将有小雨，而且今夜必有大雾，我的计策一定行，那些西洋大炮早晚是我们的。"于是便将计策对洪秀全一一说出，秀全听后大喜。初更以后，果然江面大雾，看不见对面，陈坤书依照钱江密计，先把军船灯火熄灭，埋伏在两岸，又将无数瓦埕一排一排连接起来，埕口上下紧紧闭合，中间藏有火光，顺水而下。那吴来远望见江中一排排火光顺流而下，以为是洪军水师到来，无奈黑夜里雾色弥漫，看不清真假，便跟管炮的洋人商量，洋人一看便大笑不止，道："大雾行军，是兵家大忌，洪军真是不懂水军兵法啊。这一战，可以雪几年屡败的耻辱了。"

吴来听后大喜,下令朝埋排上的火光猛烈炮轰,那炮声何止数千响,炮声隆隆,惊天动地。

陈坤书却命令军船挨着岸边潜进,那洋人大炮只朝火光处攻击,所以陈坤书各水军都毫发无损。直到四更以后,大炮弹药都用尽,而火光依然顺流而下,洋人仔细一看,大惊道:"我们中计了,火光中根本没有洪军!"天快亮时,只听两岸鼓声大震,洪军水师各船鼓浪涛天,已冲上岸去,吴来急忙逃跑,军中大乱。那西洋人只得举白旗投降,洪军将西洋大炮,点入自己军中,并规定洋人不得再助清军,西洋人全都应允。陈坤书按照钱江妙计,大胜清军,军中士气更加旺盛。

洪军大胜,诸将会集堂中,三军欢乐。钱江说:"此次胜战,得西洋大炮六百余尊,洋枪也不下万杆,器械不愁了,现在最重要的就是粮食,镇江、芜湖两处谷米富饶,要是攻下,粮食就解决了,不知有谁愿意去?"李世贤、林彩新主动请战,钱江大喜,便令李世贤取芜湖,林彩新取镇江。正在安排,忽然洪宣娇上前,道:"小女之母是镇江人,我自幼随母亲在镇江,熟悉镇江路途,愿带女军随将军一起上阵。"钱江应允。最后令林、李二将各带精兵五千分道启程,洪宣娇带本部女兵随行。

话不多说,镇江、芜湖并非重地,清军也没料到洪军先不攻金陵而攻镇江、芜湖两地,因此,并没有重兵把守。两地将领知道二十万大军都没打败洪军,很是畏惧,且李世贤、林彩新,军中个个英勇善战,士气充足,再加上洪宣娇自从夫君萧朝贵阵亡,更是痛定思痛,憋足一股劲儿要与清军一战,这样一来，攻下镇江、芜湖简直易如反掌。

钱江见两处都已平定，便要全力进攻金陵。早有探子报知清营。江忠源问向荣："洪军势力越来越大，该如何是好？"向荣道："现在虽筹办防务，但也是有名无实，陆建瀛这个没用之辈，肯定不能成事，不如我二人一同退回保守金陵，不知意下如何？"江忠源道："好是好，但我乃安徽巡抚，安庆失守，有失地之罪，应该谋求恢复。我将带兵驻扎桐州，如果洪军大举进入金陵，那么我正好由桐州进安庆，扰乱洪军后方，也能稍稍助元帅一臂之力。"向荣说："此计太好了。过去洪军之所以能长驱直进，就是因为后方没有顾虑，要是贤弟从后方发力，定能扰乱洪军阵脚。"江忠源听后，便领兵西行，向桐城大门而去，向荣则领兵往金陵进发。

且说钱江命令军中兵力三分之二起程，三分之一驻守。天王对钱江说："留守之兵，为何多至七万余人？"钱江道："我料想江、向二人，必有一人留驻安徽境外，扰乱我军后路，来谋求恢复安庆；如安徽得而复失，那我军消息隔绝，不只金陵不能攻下，恐怕武昌也要危急，因此，不能不重兵驻守。"天王恍然大悟。忽探马报：江忠源已领兵到桐城去了。洪天王叹道："果然不出先生所料。"钱江说："这样看来，必须以战为守了。"便下令：如江忠源攻潜山，则韦昌辉接应；以陈玉成为先锋，李世贤为副将，洪大军十五万，直取金陵；并令陈坤书，率水军由新州直下七里州，水、陆共进。

一路行来，清军没有任何防御，直达金陵。天王想立刻攻打金陵，钱江道："金陵坚固，与别处不同，一定要谨慎。大事成败，在此一举了。"便下令在仪凤门外，修筑栅垒三十六座，架起所得西洋大炮，准备攻城；另外又修建各营，将各营都用水墙遮蔽，又在上面通水道，以防断水；再令军士大张声势，到处插上旌旗，以此来惊动城里人心。钱江又对天王奏道："向荣在上流驻军，必须派兵镇压，我们才好专心攻打金陵；另外，太平府是金陵屏障，如能将其攻下，攻破金陵就更容易了。"于是天王派李世贤带一路军阻断向荣来路，派石达开攻取太平府。

太平知府李思齐没想到石达开突然袭来，金陵既无救兵，又听得洪军势大，一时手足无措，清点城内只有残弱兵士不过二三千人，顿时吓破了胆，面色青黄，大叫一声，倒在城上而死。城内清兵，一时慌乱。石达开乘势攻击，毫不费力攻下了太平府，回到营中，前后不过二十四个时辰，众人叹服。钱江道："太平府已定，我有一计，可助攻金陵。"便附耳向石达开一一道出，达开会意，立即回转太平府，并立下一令：寺僧泄露军情，要把僧人全部驱逐，如三天之内，不逃出境外，当治以死罪。于是僧人纷纷逃走。达开大喜，就使军中一千人也扮作僧人逃走。此处离金陵最近，因此僧人便都往金陵逃去。清军向来重视佛教，那陆建瀛又是最信佛的，便命令大开城门，所有僧人，一概接进。

次日天还没亮，忽报石达开全军到了，陆建瀛急令关城门守御。一时警报四起：东路林彩新攻来，南路石达开攻来。陆建瀛手足无措，急忙差人到向荣处求救。城内人心惶惶，那石军所扮的和尚，又在城里呼天喊地，动摇人心。忽然轰的一声,原来是钱江提前挖的地道,所埋火药爆炸,西城顿时崩陷。只见数千名和尚,披袈裟,执度牒,在南门城里,做惊惶逃窜之状,逃到南门城下,忽然拔出短枪,出其不意,杀散守城兵士,打开城门,引石军进城。此时,清军关门已来不及了,石军乘势猛扑进去,陆建瀛知道无力回天,急忙弃城而逃,所有官吏逃走一空。洪军于是进了金陵。

第十五回
李秀成平定南康乱
杨秀清陷落汉阳城

话说洪军攻下金陵,缴获洋枪二万多支,白银六万余两,降军三万多人,顿时信心大增。此时正是太平天国三年,即清朝咸丰三年。洪秀全一面对功臣加官封赏,一面贴出告示安定民心,同时修订各项规章制度,减免两年粮税,百姓皆大欢喜。

洪秀全的开明治国被美国人看在眼里,于是派使者到南京前来拜见。使者见到洪秀全,不禁赞叹:"自中国开国以来,您可谓是第一个称得上英雄之人!"美国使者向洪秀全传达了总统的问候,并请秀全也派使者出访美国。洪秀全听了正合心意,便派弟弟洪仁玕带国书出使美国。美国总统见洪秀全的国书非常符合国际礼仪,又听说了洪秀全的英雄事迹,非常佩服,于是两国互相沟通,友好往来。

事情都安排妥当,洪秀全便召集群臣商议各路进兵大事。钱江说:"臣有一计,只是不知道大王愿不愿依计行事。相比于南方,我更看重北京。以前留重兵把守汉阳,不过是担心清兵抄我军后路进攻。如今可以撤掉汉阳大队人马,另派人守武昌,让东王直趋汴梁;再撤回李秀成,巩固金陵兵力；而我则率兵赶往山东与东王会合，直逼北京，这样必定大获全胜。北京一定，不愁其他各地不来投降。大王若用此计，天国大军必胜；如果犹豫不决，可能会留下后患。请大王定夺！"洪秀全不愿舍弃武昌，于是询问是否还有其他办法。钱江料到天王不肯依他，便又出一下策：增加兵力助守汉阳，另外派兵攻汴梁，再派一名威武善战的将军攻打山东。天王听了，决定按后计行事。第二日，天王便命谭绍洸驻守武昌，令李开芳前往汉阳；又命韦昌辉安抚江南各省；封老将林凤翔为北平大都统，专攻北伐；钱江、刘状元两人为军师，整理内勤。钱江听了天王的指令颇为担心：林凤翔虽然是一员名将，但临时应变不比李秀成，让他担当北伐重任，恐怕不是个好主意。

话分两头。李秀成接到进兵南征的命令，大吃一惊。属下不解，问道："将军征战于千军万马之中，从不惧怕，今天听到进兵的命令为何如此惊慌？"李秀成说："我原以为钱江军师会让我进攻九江，现今金陵已定，只希望能召我回京，会同北伐大军，这样收复天下指日可待。如今却忽然令我南下，实在出乎意料，不知军师为何这样失算。"左右听后都点头称是。李秀成只好传令三军，命令林启荣留守九江，自己带着部下往南康安营扎寨。

清军知府李续宜，字希庵，湖南乡湘人，是李续宾的弟弟。听到李秀成兵到，马上与提督余万清商量对策。余万清并不把李秀成放在眼里，说道："李秀成只有一队人马，有什么可怕的，我一定能战胜他。"李续宜有些犹豫，但余万清坚持出兵，只好跟随他领兵出城。李秀成见清兵前来迎战，传令后退十里扎寨，并派人快马给余万清送去书信，信上写道："征战许久，从没见过全军出战，城内不留守兵的。传令停战吧，你军必败无疑！"余万清看罢大怒，以为李秀成在耍弄自己。这时部下飞马来报：南康后路城池，已被敌军攻陷。原来秀成早已派几十个士兵化作农民，在城后埋伏。清军全城出兵后，小部队趁机攻入南康城内。余万清听到消息，吓得魂不附体，想要退回城内。这时李秀成已经带兵杀来，不费吹灰之力将清军打了个落花流水。清兵无心恋战，朝南昌方向逃去。秀成攻下南康城，便准备水陆并进，预谋攻打南昌之计。

杨秀清自从奉命驻守汉阳，一直心怀叵测，蓄意谋反。当时清朝咸丰帝在位，左右大臣都是满人，诸如赛尚阿、琦善等都不十分得力，便想改用汉臣。于是封江忠源为安徽巡抚，胡林翼为湖北布政使、兼做巡抚。咸丰帝又担心汉人对他不忠，所以让官文去做部下，名为助手，实则监督。此时清军急于光复武昌，曾国藩驻军九江，官文驻军荆州，胡林翼驻守岳州，三路人马备战。秀清知道情况以后有几分害怕，只好专心商量应敌，把争位之事暂且放下。

话说胡林翼领兵来到汉阳城外，大约二十里扎下大营。立刻飞书通知官文进兵，自己准备与杨辅清开战。忽然听说杨辅清士兵有两万多人，心里吃了一惊，不敢轻易出兵。不久接到官文回复，二人约定出兵时间。胡林翼又传书给曾国藩，将派去江西的部队调回帮助武昌。当下杨辅清知道胡林翼大军已到，连忙下令准备接战。忽然接到杨秀清飞报："清军将领官文已经带兵攻打汉阳，曾国藩准备攻打武昌，李续宾也要撤回武昌。我已经调回谭绍洸的部队去堵截曾国藩。"并且特别嘱咐杨辅清不要轻易出兵。杨辅清心想：曾国藩一路有谭绍洸抵御，可以不必担心。只凭官文这点人马，怎能攻下汉阳？于是急忙命令压住阵脚，一面调整三军队列，随时准备出战。

胡林翼远远看见杨辅清军中烟尘飞起，大笑道："敌人不知我军突然赶到，慌了手脚，我们赢定了！"说完，命令军士继续进攻，边走边喊："武昌被曾军攻破，你们已经无家可归了，还不赶快投降！投降者免去一死！"太平军听到这话，顿时慌乱，清将李梦群、张运兰趁势猛攻，弹如雨下。杨辅清大惊，命令部下反击。但是军队不整，士军们没有充分准备，都无心恋战。杨辅清想要鼓励三军，便下马督战，反扑到胡林翼军中。胡军纷纷退后，部将曾国葆大怒，当即斩首了十几名后退的士军，大喊道："前路人马已经得胜，中路兵马有谁敢后退，斩！"军士们听到这话，纷纷回头奋战，反而把杨辅清困在中间。那杨辅清毫不畏惧，亲自领兵杀出重围，准备返回大营。没想到被胡林翼断了后路，曾国葆、张运兰紧追不舍。胡林翼一支军队从半路杀来，把杨军截作两段。杨辅清无暇顾及，不敢再回汉阳，只好往武昌逃去。

忽然前路一队人马挡住去路，正是曾国藩的部将罗泽南，奉令把守汉阳和武昌之间的往来要道。杨辅清想要领兵冲锋，罗泽南将人马一字排开，抵挡杨辅清。太平军无法逃脱，只好与清兵混战。不久清将李梦群也赶来援助，杨辅清大败。正在危急之时，李梦群军队后方不知为何突然混乱起来，人马纷纷逃窜。原来是天国大将伍文贵奉李秀成之命，领军赶到。文贵出其不意，杨辅清趁势杀出重围，被水师营将苏招生、吴文彩接至武昌。

　　此时杨秀清已经知道杨辅清大败，无奈被吴文熔牵制，不能相救。不多时胡林翼兵临城下，喊声震天。杨秀清率兵奋力抵抗，可是仍然抵挡不过。秀清料到汉阳难以把守，急忙调武昌人马来救。等了三天救兵未到，清兵又分三路来攻，眼看东南城角要被攻陷。秀清马上命令大将李开芳，神将洪容海、萧羽，一边修理城墙，一边抵御敌军。突然一声枪响，萧羽被击倒在地。洪容海也抵挡不住退了下来。胡军攻入城内，势不可挡。秀清听说城墙东南角被攻陷，连忙令人将仓库中的器械进行焚烧，一连烧了几个钟头，然后率军朝武昌逃去。

第十六回
陈树忠计斩江忠源
林凤翔大战扬州府

话说胡林翼收复汉阳，清军雄心大振，便计划南下直取武昌。由于汉人洪秀全起义造反，咸丰帝一直不敢让汉人执掌大权。如今见曾国藩、胡林翼等人竟能拼死奋战，非常感慨，于是消除了对汉官的戒备之心。汉阳一战胜利，咸丰帝传令论功行赏：封胡林翼为湖南巡抚，部将李续宾升为按察使，李孟群为道员，曾国葆为知府。众将士受了封赏都感恩欢喜，接着计划攻取武昌。这消息被李秀成听说，秀成便想设法阻拦。他计划亲自攻打岳州，截断胡林翼的后路，断了清军粮道。于是命部将赖文鸿留守南康，交代他死死守住南康十五日。只要十五日内城池不丢，便足够秀成攻下岳州。交代完毕，立即启程，日夜行军，几日便悄悄抵达岳州。

当时官、胡二军都驻扎在汉阳上流。曾国藩派塔齐布和参谋官李元度撤兵支援湖南，此时正巧也刚刚抵达岳州。清将不知道李秀成大兵已在城外，都没有警惕。李秀成赶到后，立刻探听周围形势。他先将兵马埋伏在四处，到天明时突然传令偷袭岳州。恰巧此时清兵正要出城，城门大开，秀成大兵趁机涌入。清兵不知哪里冒出这些洪军，根本来不及应战。李秀成派一半人马把守城门，另一半杀入城内，清军没有一人逃走。清兵副将张元龙死于乱战，其他人纷纷投降。李秀成首战告捷，忙又把城门关好，城楼上清军旗帜并不更换，又让自己的人马换上清军军服，趁夜出发往汉阳去。到了汉阳，派人对胡林翼奏报说："岳州已被李秀成击破，这些是逃回来的人马，到汉阳前来报信。"胡林翼听后，急忙传令首将来见，其余人马留在城外，一面传令紧锁城门。正在这时，东南方一声巨响，城垣塌陷了数十丈。胡林翼大惊，立即派人抵挡。谁知李秀成人马已经杀入，势不可挡。汉阳城百姓深知太平天国政治宽大，对洪秀全感激不尽，所以纷纷接应天国人马。混战片刻，胡军抵挡不住，只好弃城逃跑。李秀成领兵进城，百姓见到秀成，皆呼万岁。秀成在城内张贴告示安抚百姓，以定民心。随后又飞书报告杨秀清："如今虽攻克了汉阳，但武昌还处于危险之中。清军一定会尽全力攻下武昌，不能不防。"秀清心中还在因为天王不重视武昌而懊恼，但是顾全大局要紧，只好把李秀成的意思转达天王。

　　秀成攻下汉阳之后，将驻守汉阳的任务交给谭绍洸，自己回南康城去了。且说李秀成选了五百名机敏善战的军士，时刻注意清军动向，刺探清军动静。一日听到胡林翼准备攻打武昌的计划，便对秦日纲说："官、胡两人战败逃走，元气尚未恢复。如果能攻下庐州城，斩了江忠源，胡军计划必定失败。"便问现任庐州知府是何人，秦日纲道："听说是前任广东韶州知府胡元炜。"秀成大笑："不出二十天，一定能取下江忠源首级！"

次日，秀成模仿钱江笔迹，以钱江名义写了一封书信，给胡元炜送去。胡元炜看过书信，以为钱江现在武昌。想起往日与钱江交情，又想到在江忠源部下当差多有不快，便招来部下徐彦商量投敌之事。二人一拍即合，又笼络了陈树忠，三人都打算背叛江忠源投奔钱江，于是给钱江回了一封书信。

李秀成收到胡元炜回信，心中欢喜。一面让秦日纲率兵镇守武昌，一面又让谭绍洸镇守汉阳，命令都不出战。安排妥当后，便自己赶到安庆，传令起兵进攻庐州，同时把进兵的消息偷偷告诉胡元炜。胡元炜与陈树忠商量妥当，飞报江忠源，谎称庐州紧急，请他亲自前来救援。江忠源接到消息，命弟弟江忠义带领三千兵马先行出发，自己随后就到。路上得到奸细通报，知道洪军就驻扎在城外二十里。于是马上告知庐州官兵，说救兵马上就到。胡元炜接到报告，立刻通知李秀成，秀成便假装攻城的样子。江忠源听说李秀成攻城，火速前进，不敢拖延。

胡元炜让陈树忠带领大队人马把守在城门之外，自己假作守城之势。江忠源进城后，元炜迎他到府衙坐定，报告战况。江忠源因为多日转战非常疲劳，趴在桌子上睡着了。胡元炜见状掩面哭泣。部下见他哭泣，心中纳闷，问他原因。元炜说："如今我们大难临头，哪里是睡觉的时候！将军不顾及我们的性命，我们性命难保啊！"左右随从听了这话也骚动，在下面窃窃私语。江忠源这时醒来，听到士兵出言不逊，非常气愤，抓来十几人，每人打了三十大鞭。士兵们更加气愤,已有了造反之心。江忠源知道军心有变,与胡元炜商议对策,元炜一面稳住江忠源,一面偷偷报告李秀成,又悄悄告诉陈树忠如此这般。陈树忠听后,偷偷对士兵说:"江忠源要我们出战,只许胜不许败,败者斩首!现在洪军有十几万人,叫我们怎能取胜?"士兵听后,顿时乱嚷起来,纷纷叫道:"不杀江忠源,不足以平人心!反正也是性命难保,不如杀了他,我们投奔洪军去吧!"于是纷纷涌上前去。江忠源大惊,想要躲闪已经来不及了,一时枪声四起,江忠源中枪倒地。陈树忠要割下江忠源首级,江忠义扮作兵士奋力抢回忠源尸体逃走。元炜便命令打开城门,把李秀成迎进城来。

这日,李秀成正命下人在城内张贴公告,安抚城内百姓。忽然士兵来报:"城外树林内发现陈树忠尸体!"李秀成听后一惊,立刻明白是江忠源手下人所为。本来秀成还担心陈树忠这样叛主投敌之人是靠不住的,留在身边总是祸患,现在别人先下手除掉了他,也解了秀成心头之患。秀成假装传令追查凶手,实则不了了之。

且说太平军攻占金陵,各路大臣主张暂时休兵,以养军气。如今连连胜仗,三军雄心大振,纷纷请兵出征。钱江担心东王心中还有造反之意,因此极力主张洪天王亲自领兵北伐,石达开做副将。杨秀清却极力想要领兵北上,劝阻洪秀全留守金陵。第二天一早,钱江、石达开正在商议北伐之事,只见刘状元匆忙来报:"不好了,东王已经命令林凤翔领兵十万北征去了!"二人十分惊讶,无奈天王也奈何不了他,只好再慢慢商量,先随他去了。

太平天国四年，林凤翔奉了东王之命，带领大军十万，分为三十六军，每军二千五百人，浩浩荡荡奔扬州而来。清兵守城将军琦善，担心军心散乱，便想先小立战功，振奋军心。清军又调漕督杨殿邦，领兵万人，前来助战。林凤翔大喜，令士兵在城外安营，等候命令。先锋朱锡琨见状疑惑不解，问道："听说清军增加人马，元帅为何如此高兴？"凤翔道："扬州城内官兵，不是钦差，就是总督，肯定都是怕死之人，而且琦善是大将军，兵符却掌握在胜保手里，琦善必定不甘心听从胜保指挥，二人之间必有矛盾。到时我攻他个出其不意，一定能大获全胜！"三军听后气势大振，却不知凤翔这番话是编出来鼓舞气势的，实际上并非如此。

一天，清军人马大约三五千人，打着旗号向洪军攻来。林凤翔知道这次不是大战，几次交手之后，便命令士兵不要纠缠，退后二三里扎寨。琦善以为太平军被击退，欢喜不已。早有奸细把清军动静报告林凤翔，凤翔听后知道清军沾沾自喜，明天一定全力进攻。于是命立昌埋伏在二四桥附近，等胜保过桥后，把桥从中间折断，以断胜保后路；再令朱锡琨在桥东侧丛林中趁夜挖地穴埋伏，胜保过桥后，留一半兵力从后面截击清军，另一半直接杀进胜保大营；又命咒文佳为前锋，正面迎战胜保。

次日，清兵果然按照林凤翔埋伏的线路攻来，正中圈套。清军全军出战，声势浩大，不料被洪军前后夹击，又断了后路，混乱中被杀了个措手不及，清军将领或死或伤。清军没了头领，顿时大乱起来，降者死者不计其数。林凤翔早已趁两军交战时,率领精兵百人潜伏到扬州城外。林凤翔用绳子抛过城墙,命士兵沿绳索爬到城楼之上。清兵几乎全都出城交战去了,留守将士不多,见林凤翔人马突然爬上城楼,顿时闻风丧胆,一哄而散。朱锡琨又率大队人马来到扬州城外,金鼓齐鸣,呐喊助威。琦善听说洪军攻城,急忙调兵返回,但是林凤翔一队人马已经打开城门,朱锡琨大队人马涌进城来。

　　扬州失守,琦善没了主意,又不知太平军人马多少,不敢回战,只好弃城逃跑。林凤翔传令:先休兵几日,之后大兵继续北上。派人把攻下扬州的喜讯传到金陵。

第十七回
韦昌辉怒杀杨秀清
钱东平挥泪送翼王

话说林凤翔设计夺了扬州，东王杨秀清心中得意，便当着众大臣的面，直接下令让李开芳带兵攻打河南。韦昌辉觉得不妥，对东王说："出兵征伐是国家大事，应该由天王下令，东王不该擅自做主。"秀清听后心中不悦。天王也不多说，只说进兵大事还应仔细商议。

东王回府之后，心中非常气愤，便下令召集部下，自封为九千岁。将士们互相通告，都称东王府为九千岁府。事情传到韦昌辉耳中，他认定杨秀清有造反之意，不除掉他必定留下祸患，所以日日留心，找机会想要除掉杨秀清。

韦昌辉的夫人北王妃与东王妃私交甚好，二人经常往来，无话不谈。北王妃的哥哥吉文元是杨秀清的心腹部将，如果秀清被除，吉文元也必定遭到连累。北王妃为了保哥哥性命，便与东王妃往来紧密，随时探听东王情况，也把北王的情况转告哥哥吉文元。不料北王妃的所作所为被昌辉发现，他知道妻子心中以哥哥为重，并不以自己这个丈夫为重。再拖延下去恐怕不但除不了东王，连自己的性命也难保全，于是找机会把王妃锁在屋里，自己朝东王府去了。

韦昌辉来到东王府时,恰巧杨秀清进朝去了,于是命刀枪手回府做好埋伏,自己在东王府等杨秀清回来。秀清回府看到昌辉,颇感意外,问道:"贤弟怎么来了?"韦昌辉道:"方才有人报说老将林凤翔在淮南兵败,哥哥听说没有?"东王一惊,忙说:"从未听说,贤弟的消息是从哪里听来的?"韦昌辉道:"江北派人传信过来,这个人现在就在我府上,哥哥想要见见此人吗?"秀清听后请韦昌辉把人领到自己府上,韦昌辉却说:"此人不肯出门,不如哥哥到我府上去,亲自见见此人。"东王听了,便带着十几个随从,一同往韦昌辉府上去了。

来到府中,韦昌辉对东王说:"此人现在密室,我这就叫他出来。"说着,一面命人准备酒席,一面将东王随行的十几个人带到外间屋子招待。又有人上前来请东王卸下盔甲用餐。东王便脱去盔甲,把自己的短枪放在一旁。片刻,昌辉带着一个壮士从后堂走来。此人姓温名大贺,精于拳棒,与韦昌辉私交甚好。东王哪里知道这是个圈套,还以为此人就是前来报信之人,便一同在桌前坐下,举杯畅饮。

杨秀清问温大贺道:"凤翔兵败的消息究竟是怎么一回事?"韦昌辉突然脸色一变,对东王说:"长久以来,你结交党羽,自称千岁,谋权篡位。我虽然是你兄弟,但你走到今日这一步,我也不能念及私情了!"东王听了此话顿时大惊,知道上了韦昌辉的当,起身便要逃走。谁知数名壮士从屏风后一起涌上前来,温大贺趁机抓住杨秀清手臂,拔剑向他胸膛刺去。东王大喊救命,可是自己的随从早已被韦昌辉的部下挡在屋外。温大贺奋力向杨秀清胸口刺了一刀,东王当场毙

中国历代通俗演义故事

杨秀清错赴鸿门宴

命。此时东王随从和北王府军士已经混战到一起,韦昌辉早已躲到屏风之后。等他出来时,两府部下都已经倒在血泊之中。韦昌辉看着杨秀清的尸体,念及往日兄弟之情,不免落下泪来。

此时,钱江正与天王商议北伐大计,忽然内侍报说北王求见。天王见北王来见,问他何事,韦昌辉道:"臣有罪,特来请罪。"天王非常惊讶,不懂北王的意思。韦昌辉便将东王如何蓄意谋反,如何自称九千岁,自己如何杀死了东王,一一道来。天王听后,面色一变,对韦昌辉说道:"东王举动我怎会不知,只不过现在北伐大事未定,且东王党羽众多,这时杀了他恐怕军心动摇,反而造成内乱啊!"韦昌辉说道:"我杀了杨秀清,是恐怕留着他日后酿成大祸。今日前来,就是请天王降罪的。我愿一死以明国法。"天王忙道:"贤弟不要多虑,我并不想治你的罪。只是东王党羽众多,恐怕他这一死生出祸患。"说罢转眼看着钱江。钱江思考片刻,说道:"东王该杀,可是北王没有杀他的权力。大王如果担心杨秀清所勾结的党羽作乱,可以提早行动防止事变。李秀成沉着机敏,不会与杨秀清一道谋反。林凤翔、李开芳二人也是明白事理、老成稳重之人。他们虽然与东王一心,但是几位老将都识大体,不会乱来。只是吉文元、杨辅清两人,不能不防。如今趁东王被杀之事尚未传开,派一位将领带兵与吉文元会合,名为助战,实是监督,以防有变。"于是派罗大纲领兵三万,与吉文元会合。

忽然翼王石达开飞奔上朝,面色惶恐,气喘吁吁。看见几位将军,不等天王开口便问:"东王虽有罪,但为何杀他全家?"朝上几人都莫名其妙,经石达开一说方才知道,原来韦昌辉的弟弟韦昌祚担心杨党报复,率人马到杨秀清家中,见人就杀,五十多口不留一个。外面又传说石达开与韦昌辉是知己,杀杨秀清全家之事是石达开所为。此事已经传遍京城,人心惶惶。天王只得再请钱江出计,钱江说:"如今只能出榜公布北王之罪,澄清翼王并未与北王同谋。再找出亲自动手杀东王之人,将他处死。至于北王,只好免了他的官位,以安民心。"当时洪仁达也在场,他平时最憎恨石达开,便想借此机会将他除掉,于是力主石达开是韦昌辉同谋,要求天王将他处死。石达开心中明白,洪仁达要加害自己。钱江也明白洪仁达之意,看到部将们互相残杀,更忍不住叹息。天王仁厚,不忍免除韦昌辉北王之位,便也犹豫不决。

　　回府之后,石达开独自来找钱江,对钱江说:"有人想要加害于我,我不能再待在金陵。本想与天王并肩谋得大业,没想到却有小人谋害。我想领兵攻打四川,离开这个是非之地。如果事成,还可以与天王遥相呼应。"钱江道:"若攻四川,兵少攻打不下;带领太多兵力,金陵留守兵力又会不足。翼王不如领兵北上,万不能逞一时之气。"达开此时已经听不进钱江之言,告辞退下了。

　　第二天,钱江听说石达开已经奏请天王,要带兵入蜀,天王也答应了。钱江大惊道:"果真这样,大势已去呀!"急忙更衣骑马来见达开。达开知道钱江是来阻止自己的,便托故不见,钱江无奈只好来见天王。说明情况后,天王才知道翼王西行的危险，忙下令阻止石达开。谁知达开不肯从命，执意要去四川。钱江没有办法，急忙回府写了一封信给达开，希望能够将他阻止。石达开收到钱江来信，拆开一看，一封长信仔细分析了目前洪军的整体战局，包括各位将军驻守的要害，清军和洪军两军的形势，洪军下一步应该怎样作战，如果石达开领兵入川，将给战局带来怎样的影响。钱江还嘱咐石达开不能只图一时痛快，葬送了众多兄弟拼下来的江山大业。信中一字一句都有板有眼，让人心服口服。石达开看了信后，心中已经有几分后悔，只是手下将士大多都支持他自创基业，他便也坚定了当初的意志。于是拔队起程，往四川去。

　　石达开走后，天王闷闷不乐，钱江也好像失去了左右手，大病一场。东王被杀之事已经传遍远近，清军以为有机可乘，想趁机收复失地。镇江守将杨辅清是东王兄弟，听到东王被杀的消息，便想联结东王生前的党羽，为东王报仇。好在部将温十八、老将林凤翔都是识大体之人，二人商议劝阻杨辅清，以大局为重，不要给清军以可乘之机。

第十八回
石达开诗退曾国藩
韦昌辉自刎谢钱江

上回说到石达开离了金陵,统兵五万,浩浩荡荡而来。打算直取武昌,与李秀成在荆州合兵,一起往四川去。忽然行军之间收到曾国藩书信,便命人送上。

你道这书信是谁送来的?原来翼王率兵前进,想从安徽过荆襄,往夔庆去。清将曾国藩驻守浦口,听说石达开入川,路经皖、鄂,便与众将商议对付石达开之计。曾国藩素来爱才,一心希望降服石达开,让他归顺清军。便与各位将领商定:先试图招降石达开,若他愿意归顺自然最好;如果不肯,再出兵作战。于是一面通知三军备战,一面派人给石达开送去书信。

石达开打开书信,只见信中写道:大清礼部侍郎、江西军务曾国藩,诚心送上此信。天国翼王是识时务者,堪称豪杰,然而却错投了洪秀全门下。大清王朝乃是国家大统,我也是爱才之人,若先生愿意与我曾国藩一起,为大清效力,必有用武之地……如此这般,一封长信不能不说很有诚意。石达开看罢,心中也很钦佩曾国藩的全局意识和爱才之心,但是却不能不清楚自己的身份。于是给曾国藩回信一封,写道:你我二人从事于战场,已是敌人。虽然我本人对你也是十分欣赏,但是大丈夫断不能做叛主投敌之事,你的好意我心领了,我们还是各为其主吧。信后赋诗一首:

　　　　不策天人在庙堂,生惭名位掩文章。
　　　　清时将相无传例,末造乾坤有主张。
　　　　况复仕途皆幻境,几多苦海少欢畅。
　　　　何如著作千秋业,宇宙常留一瓣香。

　　曾国藩看了回信,不觉赞叹道:"达开能文能武、文武兼备,志向不凡,值得敬佩!如今大敌当前,却还能写出这般沉稳的文章来,简直就像儒雅文人一般!"于是传令退军二十里,让石达开过去。部下塔齐布不解:"如果放他过去,朝廷处置我们怎么办?"曾国藩说:"石达开领军五万余人,我们寡不敌众。如果应战,胜了好说,败了反倒减了我们自己的气势,让别人耻笑,不如不战。"石达开心中明白曾国藩的用意,知道他是自知清军兵力敌不过自己,所以让路。但是如果一直行军进入荆襄,必然入了清军的包围,所以改道,由江西进入湖南,绕道往四川去。于是下令大小三军改道,往九江去。

　　洪天王自石达开走后,心神不宁。石达开临走之前曾经说过李秀成是可用之人,洪秀全便召李秀成到南京驻守。秀成得了天王旨意,对谭绍洸说:"天王召我去南京,兄长独自留守武昌、汉阳,恐怕力不从心。如今曾国藩、胡林翼虎视眈眈,想要攻打武昌,此地实在是难于把守。可是现在大势所趋,我不能不遵照天王指示。我这一去,清军一定来攻打武昌。我有一计,可以留给哥哥,能破胡林翼、曾国藩大军。"于是留下一封密函，破敌之计就在其中。

原来李秀成的计谋，就是在城楼上布置众多旗鼓手，制造声势，宣称秀成还在城中，这样清军便不敢轻举妄动。在清军安营扎寨后，再趁半夜时分在清军营寨不远处锣鼓齐鸣，惊扰清军休息。如此反复几天，敌军必然疲惫不堪。同时在清军通往武昌的必经之路——浮桥上，安置人马，如果敌军真的进攻，就烧断浮桥，断了他们行军之路。谭绍洸按照秀成留下的锦囊妙计行事，清军果然以为秀成还在城中，不敢出兵。再加上太平军接连几夜的锣鼓齐鸣，扰的清军不得休息，几天下来，还未出战已经疲惫不堪，于是不战自退了。

且说北王回府之后，想想杀害东王全家之事，觉得确实过分。天王虽然没有怪罪，可是自己问心有愧。况且现在李开芳、吉文元领兵停在汴梁，只观望却不进兵，也是在等待天王对北王的处置。这样耽搁下去，实在误了进兵大事。想到这些都是因为自己一时冲动而引起的，心中惭愧。府里书记李文龙知道北王心事，便劝他离开天王自谋出路，也免得被东王党羽加害。北王却说："我和翼王不同，我是杀害东王的凶手。我离开了，东王党羽绝不会善罢甘休，一定会纷纷叛变。为了保全自己而给国家添乱，我决不会这么做！"想来想去，唯有一死才能服人心了。想到这里，又想起妻子和四岁的儿子，忍不住掩面哭泣。然而大丈夫何惧一死，为了对自己的所作所为负责，韦昌辉打定了主意。想到这里，伏案挥笔写下书信一封，派人送给钱江，然后自尽而死。

钱江收到北王来信，拆开一看，不觉惊叫一声："不好！"恰巧状元刘统监这时赶到，钱江便让刘统监马上去北王府制止昌辉，自己随后就到。刘统监于是飞奔到北王府，满心希望救北王一命，没想到北王写完信后，立刻自刎身亡。时年三十六岁。可怜天国一员大将，因为弟弟误杀了东王全家，自己不得已而死，可惜呀！后人有诗赞道：

　　金陵日落众星孤，太息西林惹酒徒。
　　谁是狼枭应剿贼？人非牛马不为奴！
　　杀妻志已殊吴起，辅主心雄埒逆胡。
　　风尘自古多奇杰，樊哙当年一狗屠。

天王听说北王自杀，非常悲伤。刘状元依照钱江指示，布告各路天将，以了结东王之案。自此杨党才没有异心了。

过了数日，众人商量北伐之事。李秀成说："江苏是要地，应该早些平定。上海是西人居住之地，也应当趁机联络上海，以便与西人结盟。如果我军获胜，清军必定会寻找外援来攻打我们，我们挡得了清兵，又怎能挡住各国的兵马？因此我军应当先发制人，与西人结盟，免去后患。请大王三思！"天王非常赞同秀成的看法，于是命令天将古隆贤领兵两万，由镇江南下；又令黄文金把守安徽余郡；再令赖文龙带领二万人马，与陈玉成会合攻打山西，同时接应湖北。李秀成亲自带领精锐部队北上，与林凤翔、李开芳、吉文元会合，一同攻打北京。

清军听到消息，非常震惊，这里就引出一位为大清尽忠效力的大臣，姓李名鸿章。李鸿章号少荃，安徽合肥人，家中兄弟四人都很有才干，特别是鸿章更是才气非凡。他曾经在京城做翰林使，那时便见过曾国藩，而且得到曾国藩的赞赏。如今听说曾国藩出兵围攻九江，回忆起当年与曾国藩的交情，便想投到曾国藩门下，为国效力。

要说起李鸿章投奔曾国藩，这其中还有一段故事。那时鸿章年少气傲，也自认为有几分才气，便登门来找曾国藩。曾国藩知道鸿章是个人才，但也知道他很是高傲，有些不把别人放在眼里，便想挫挫他的锐气。鸿章初次登门拜访时，曾国藩只叫人通知李鸿章在门外等候，等了一个多时辰也没有出来。李鸿章非常愤怒，一气之下一走了之。国藩这才又派人半路拦截，并且说明了自己的良苦用心。鸿章知道自己过于高傲了，也佩服曾国藩看人的眼力，于是心服口服，甘愿留下来为大清效力。

自从李鸿章来后，曾国藩便有意收复武昌，于是派人送信给胡林翼，希望他先攻打汉阳。胡林翼一直对上一次的失算耿耿于怀，知道李秀成已经到金陵许久，便想领兵攻打汉阳。恰巧收到曾国藩书信，于是决定进兵。湖南总督吴文熔、湖南巡抚骆秉章，听说此事，配合胡林翼一起进兵汉阳。

第十九回
谭绍洸败走武昌府
李秀成一计克江苏

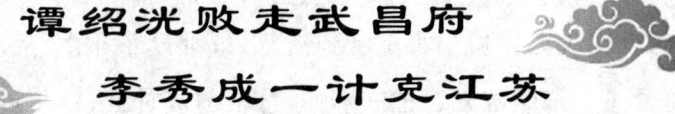

话说太平天国四年,也就是清朝咸丰四年。这时谭绍洸正在武昌城外沙河一带操练水军,听到汉阳告急,便想亲自领兵救援。冯文炳阻止道:"吴、胡两人兵力雄厚,即使你亲自领兵前往,恐怕也不能得胜。而且曾国藩一定会领兵攻打武昌,到时候更是没有退路了。不如派人趁夜进入安庆,让黄文金调一部分兵力到江西,一来壮大陈玉成声势,二来牵制曾国藩,或许可以保住武昌。"谭绍洸觉得有理,便按他说的吩咐下去,命武昌人马打着自己的旗号驻守,而自己却暗中潜入汉阳。到汉阳后,才知洪山已经被李续宾占领,只好马上传令调兵防守。忽然东门守将来报:汉口已被清军攻破。这样一来形势危急,武昌面临困境。这时收到冯文炳从武昌派人送来的书信,绍洸打开一看,原来是进兵之计,不觉点头称赞。于是按照信中嘱咐,命部将洪春魁和汪有为,各带五千人马,往荆州去。

那日傍晚,清军将汉阳团团围住,发起进攻。太平军奋力防守,却还是有些抵挡不住。况且胡林翼在通往汉阳的路上埋伏炸药,炸开了汉阳南门。正当绍洸抵挡不住时,忽然义勇队首领晏仲武前来助战，奋力杀退胡林翼。绍洸刚刚松了口气，又有人来报：西门告急。原来蒙古人多隆阿奉命援助湖北，调来炮队攻打汉阳西门。天国部将汪得胜把守不住，西门失陷。城中将士听到消息，也都没了斗志，战况越来越紧急。谭绍洸知道把守不住，急忙与晏仲武、汪得胜会合，烧了仓库。杀出北门，逃回武昌去了。

　　吴文镕与胡林翼打了胜仗，率领大兵进城。城中百姓知道清军一向残暴，心中非常恐惧，但又不敢有所怨言。吴文镕与胡林翼忙着商量攻打武昌，也不理会百姓做法。忽然快马来报：天国大将洪春魁、汪有为偷袭荆州，现在恐怕已经守不住了。胡林翼大惊，便令曾国藩领兵救援，自己随后就到。没想到二人到了荆州之后，太平军已经撤兵，两人白跑一趟。胡林翼留曾国藩把守荆州，以防敌人再来偷袭，自己领兵回汉阳去。可是半路上却被洪春魁、汪有为二人拦截。交战中清军损失不小，勉强杀回汉阳。进攻武昌之事，只能暂时放下。

　　谭绍洸战败回到武昌，心中不安，派人把汉阳失守的消息报到金陵。天王听后非常担心，便召集大将商议对策。各位将领都纷纷出谋划策，唯独钱江没来。退朝之后，李秀成独自来找钱江，却看到刘统监已经在军师府上。秀成便问刘统监钱江的去向，刘统监说："军师已经走了。军师临走时说：'如今大局成败，全看北伐胜负。'而北伐的军权，掌握在杨党手上，不是军师所能号令的。从今以后，统兵大权应该由秀成掌握，他要退位，成就秀成事业。"听到这里，李秀成流下泪来。刘统监掏出一封书信，说是钱江临走前留下的。秀成忙拆开一看，上面写道：

北伐军看似胜利，实则失败；金陵大业看来平安，实则危险。

秀成看后，又放声大哭。刘统监连忙劝阻，这才止住眼泪。于是两人一同上朝，把钱江离开之事告诉天王。天王听后，也大哭起来，底下大臣也纷纷流泪。可是人已经走了，哭也无用，各位大将只能渐渐平静下来，商讨北伐。天王对秀成说："如今林凤翔北伐，不知是胜是负。我想请你领兵一同北上，如何？"秀成道："天王说的有理，但是眼下江苏还没有平定，总是顾虑。我想让林凤翔暂时不要进兵，等我先攻下江苏，再一同进军如何？"天王听后赞同，便命秀成起程攻打苏州。

话说李秀成统兵十万，先来到常州。这里是咽喉之地，只有先攻下常州，才能继续攻打苏州。清军守将郝立宿，是个怕死之人，他的胆小是出了名的。秀成于是想要造大声势，打他个不战自退，便命大军在离常州七八里之处安营扎寨。

那夜，郝立宿登上城楼看到秀成大军，只见灯火通明，相连十多里，总数有十万多人，立刻吓得魂飞魄散，呆若木鸡，傻在那里说不出一句话来。部下上前扶他，发现全身已经冰凉。军中立刻传出：忠王兵马还没到常州，守城主将已被吓死。于是清军内部大乱，哪还有心思打仗。李秀成趁机把常州城包围。过了几日，知道清军将士已经被困得完全没了斗志，便率领军士，奋勇攻城。此时的清军根本没有反击之力，纷纷投降，秀成便轻易攻下常州。秀成带兵进了常州城，命军士不要卸甲，用饭之后直接进攻苏州，打他个措手不及。于是各军一字排开，好像两条长蛇，蜿蜒着朝苏州而来。两江总督何桂清，在城楼上看到洪军大举进攻，也吓得魂不附体，将城中精锐部队调守西、南两路，一边等待向荣救援。这时向荣军队驻守丹阳，大小战役与天国兵交战了有十几次，屡战屡败，已经退到仪征。听到苏州紧急，便命张国梁领兵救援。忽然听到天国将士许宗扬，已经攻下江阴。向荣大惊，想要派军营救，又怕淮州、扬州无人把守，所以犹豫不决，也迟迟不肯出战。

　　李秀成见清兵不出来迎战，便亲自出营观察形势。见苏州城上，分西南两路，把守森严，而东门却显得非常冷清。于是回营，嘱咐部下赖文昌领兵攻打东门，同时调动一部分兵力攻打西门，又命杨辅清攻打南门，三军一齐攻进。何桂清见李秀成派重兵攻打西门，便调兵来守，又在南门加大兵力。谁知东门守将李定邦飞马来报：有天国安王洪仁发攻城。何桂清大惊，又调兵回守东门，直到夜晚，清军士兵疲乏劳累。这时，报说有清兵前来援助，何桂清喜出望外。登上城楼，果然看到一队人马打着清军旗号，朝西门奔来，便下令开门放入。谁知城门一开，三军一齐乱喊起来，清军总兵李元浩中枪落马，天国人马一齐拥进。

　　原来，李秀成早已经设好攻城之计，命自己的将士都穿着清军衣服，打着清军旗号，谎称救兵。这样一来，不费吹灰之力，攻下苏州城。进城之后，李秀成向清军宣布：投降者免死。又打开粮仓，赈济灾民，百姓无不心悦诚服。

且说林凤翔领军北上，来到淮北。清军早已设计埋伏，随时准备应战。林凤翔令部下趁夜开出一条小道，在淮北城楼外埋下一圈炸药，趁清军还在睡梦中时，引燃导火索，攻陷了整个城楼。守城将军琦善又吃一败仗，只得趁夜逃走。好一座淮北城池，就这样被天国军攻克。于是继续进兵，又到扬州。清将守兵琦善和胜保依旧不敌凤翔英勇，弃城退到山东。林凤翔便命令暂时休兵，召集李开芳、吉文元、罗大纲三人在大名府相见，商议继续进攻之事。诸将都说：攻打山东就要经过黄河，渡过黄河实属不易。所以决定带领大军向西，由汴梁向北进军。

清兵见林凤翔许久没有进攻，渐渐懈怠下来。如今太平军忽然来攻，清军猝不及防，守城将军弃城逃跑，洪军轻而易举攻下兴化。接着盐城、安东守将陆续投降。大军沿洪泽湖前进，抵达盱眙城。忽然飞马来报：清朝提督鲍超攻打庐州，罗大纲已经撤兵南下。林凤翔心想：罗大纲寡不敌众，黄文金驻守安庆又不能赶去援助。如果庐州失利，就会威胁安庆，我不如先攻下凤阳，杀杀清军的锐气，又能保住庐州和安庆。于是便集中兵力攻下了凤阳，随后平定附近的县城。短短十日之间，林凤翔收复了九个郡县，战果可喜可贺。趁着气势，林凤翔传令：大军继续北行。

第二十回
林凤翔大破讷丞相
却不料败走陷天津

　　清军听说天国兵大举北上，林凤翔所向无敌，心中非常忧虑。便调直隶总督、大学士讷尔经额，带领步兵三万，马队八千，蒙古骑兵七千，共四万五千人马，抵挡林凤翔。又有奸细把清军情况报告凤翔，凤翔便传令部队改道，打算先攻下归德府，将归德作为大本营。归德府知府王襄治、副都统托明阿，听说讷丞相已经启程，便想坚守城池，等待救兵。不料林凤翔神速，不久便到达城下。城内百姓早已经受够了清朝官吏的压制和剥削，知道太平军就在城外，纷纷在城中接应。大批百姓拥到南门，杀了守门军士，打开城门让太平军进城。朱锡琨趁势杀进城去，托明阿想要抵挡已经是来不及了，只能化装成平民，夹杂在乱军之中，逃出城去。

　　林凤翔进了府衙，首先安抚百姓。忽然有人来报：清将胜保，由徐州过河南，来争归德。林凤翔笑道："我早料到胜保要来。"便叮嘱三军：如果胜保来了，不要出战，我自有办法。随即叫来温大贺，命他带兵从小路回凤阳去，这样，胜保到归德后就会腹背受敌，不战自退。

　　此时胜保正率领人马朝归德而来。洪军将领曾立昌、朱锡琨分列两队，严阵以待。林凤翔率大军从西门出兵。胜保正在分军，忽然听人报说：天国大军已从凤阳而来。胜保大惊：果真如此岂不是前后受敌！清军听说天国兵来了，人心骚动起来。林凤翔见胜保军心已乱，便直攻清军大本营，胜保无心恋战，传令退军。可是为时已晚，清军人马死伤惨重。林凤翔大获全胜，收兵回城，令朱锡琨、曾立昌二人带领人马去攻打卫辉府。原来卫辉府内总兵赵镇元，与知府奇龄意见不合，内部冲突起来，给了林凤翔一个可乘之机，天国兵又不费吹灰之力，攻下卫辉。这时收到李秀成书信，说江苏已经平定，不久将领兵北上。凤翔听了气势更振，便令大军先进山西，攻下潞安城，然后转战直隶。军令一下，部下将军颇为犹豫，温大贺暗暗对曾立昌说："老将军连连获胜，怕是有些骄傲。俗话说骄兵必败，将军这样实在令人担心哪！"曾立昌也说："我们直言，将军肯定不听，还是写一封密函给忠王，督促将军北上吧。"

　　清兵这里，讷尔经额带领兵士和马队在广平安下营来。朝廷担心讷丞相不是林凤翔的对手，又令刑部尚书桂良，带领御林军万人前去救援。讷丞相便想进攻归德府。部将永良说："臣知道潞城、黎城之间有一条小道，可以从河南通到武安，直接通往直隶临名关，往来方便。其中有很多险要之处，只要五、六百人把守，十万大军也不能通过。再用骑兵截住后路，一定能破林凤翔大军。"由于这条小路在山西境内，讷丞相便通知山西巡抚，立刻守住这条要道。却不料讷丞相人马还没赶到，林凤翔早已经攻下了潞城和黎城。凤翔听说讷丞相要进驻临名关，便叫来曾立昌、朱锡琨两人，嘱咐如此这般。然后令温大贺为前锋，往临名关去了。

讷丞相这边还没有动身，临名关附近各县已经布满了讷丞相的旗号，责令各州县缴纳粮草。那些州县见是讷丞相旗号，不敢不从，都各自缴纳粮草。第二日，忽然报说讷军已到，各州县大惊，以为出了两个讷丞相。一探听知道这次果然是讷丞相人马，才知道昨天那个是假的。这时忽然听到鼓角喧天，喊声震地。左有曾立昌，右有朱锡琨，分两路杀出。讷相人马还未来得及准备，已被天国军分成两段。清军毫无斗志，讷相急忙带领百骑人马，往广平府逃去。

凤翔大军攻破了讷丞相，想要继续趁势攻打北京，又担心势单力薄；等待李开芳人马到来一同出战，却又担心清军趁机派兵援助，左右为难。只好在各个要地驻扎人马，分小队收复各个州县，一边传报给李开芳等人，共同会兵北伐。

李开芳接到林凤翔传报之后，马上会合吉文元领兵北上。忽然听说清朝钦差官文，领兵往怀庆去了。李开芳吃了一惊，知道清兵要断林凤翔后路，便与吉文元商议先取怀庆。河北往北有个孟县，是清兵必经之路，开芳让文元从小路绕到孟县去，以此夹击官文。官文没有料到李开芳军队来到怀庆，所以根本没有作战的准备，只能落荒而逃。吉文元见顺利攻下了怀庆，又想起卫辉已经被清将李云龙收回，现在是清兵旗号，于是与开芳商议，再攻下卫辉。

卫辉守将李云龙，听说太平军来攻，便命令士兵把守城门。李开芳命几百名士兵扮作居民，纷纷向卫辉逃去。李云龙听说人民逃难,便命令打开城门收纳百姓。开始是一些百姓赤手空拳地跑来,渐渐的后面跟着的人都背着大包小裹,再后面还有人扛着箱子。守城士兵要这些人打开包裹检查,人群便吵嚷起来。李云龙知道情况有变,下令关闭城门,可是李开芳大军已经混在百姓的队伍里冲进城来,乘势杀了守城军士,天国兵一拥而入。李云龙抵挡不住,死在乱战之中,太平军于是又占领了卫辉。捷报传到金陵,天王听到几员大将多次立下战功,非常欣喜,便加封林凤翔为威王,李开芳为毅王,吉文元为顺王。其余各级将领,顺次有赏。

林凤翔得了王位,更加斗志昂扬,便问部下忠王举动。部下道:秀成大军神勇,已经占领江苏,正要北上。如果凤翔现在与秀成会合,定能助秀成一臂之力,合力攻下北京。林凤翔听了很不高兴,以为部下崇拜李秀成,而怀疑自己的能力,于是决定不与李秀成合兵,自己从天津方向,直接攻打北京。

李秀成听到消息,知道林凤翔是不服自己,想要与自己一争高下。心中虽然担心,却也没有办法。只好清点自己的部队,共五万人,分为二十五军,每军两千人,洪仁发为先锋,罗大纲为副将。另外还有大将许宗扬、赖文鸿一同前行。大军出发时,先发一个通告给百姓:我是太平天国大将军忠王李秀成,随天王转战南北,只为收复祖国河山,拯救百姓于水火之中。我们自从起义以来,一不准乱杀无辜,二不准强取豪夺,因此深得民心。如今我军北伐,所到之处不必惊慌。

只要百姓各自安居乐业，我们都不会侵犯。有效力者我们按功行赏，有背叛的，我们也按罪行罚。家有家规、国有国法，希望各自好自为之！

各处百姓都知道李秀成的大名，通告一出，都纷纷捐助粮食军费。秀成也说到做到，凡所到之处丝毫没有侵犯，一路上降伏了十多个州县，直达淮郡。

再说林凤翔，与李开芳、吉文元商议一路进兵天津，现在已攻到大名府。清军守将默特、德勒克领军两万，听到林凤翔来攻，连忙筹划防守。可是清兵都非常惧怕凤翔，不敢出战。这时收到胜保书信：大名府能守就守，守不住就等待我军部队，我和僧王会赶来与你会合，三路人马可以共同抵挡林凤翔大军。默特看了，知道胜保大军要来，便分一万人马屯扎在城外，作为声援。林凤翔也担心清兵内外呼应，便先把大名府团团包围。第二天李开芳、吉文元两队人马赶到，清军更加恐惧，都往城外逃窜。林凤翔知道清军没有斗志，便趁势进攻。吉文元先攻下南门，默特和德勒克领军往北逃去。林凤翔占领了大名府。李开芳说："我军突然到来，有迅雷不及掩耳之势，应当乘胜追击，不给清军缓兵的余地。"于是商定林凤翔由巨鹿进攻冀州，进入河间府；李开芳由寺庄进攻景州、过新桥、沿砖流镇北上，会合攻打天津；吉文元为李开芳的前导部队。

李开芳一军，养精蓄锐已久，又有吉文元做前导，所到之处战无不胜，敌军纷纷降服，十几天时间已经到达静海。林凤翔也由巨鹿过了冀州，攻下河间府。便传令温、许二将，与李、吉两军会合，分兵三路进攻天津。没想到清军守将陈大林、刘邦盛不战自退，知道敌不过太平军，弃城逃跑了。林凤翔占领了天津，便命令吉文元由静海到三角池，从丰台进攻北京；李开芳从和合进攻；自己带兵由河西进军通州，三军合力进攻北京。

清朝咸丰帝见天国大兵已经攻克天津，正朝北京进发，朝野大震。急忙调僧王领兵六万，把守京城东南两路。又令桂良由保定撤回，作为声援。林凤翔便安排吉文元抵挡桂良，自己带兵攻打僧王。忽然有人来报：胜保带领五六万人马，已经渡过黄河往北来了。林凤翔知道自己前后受困，心中有些担心，却不敢在这时动摇军心，只能继续前进。不多时胜保大军赶到，李开芳便想要出战。这时又听说僧王派默特领兵万人，来天津接应胜保。李开芳知道天津已经被清军占领，自己的人马前后受敌，无处可逃，只能命令前锋与胜保交战。由于军心已经有些动摇，交战不免失利。李开芳知道自己不是敌军对手，只好领兵往高唐逃去。

吉文元那里，硬着头皮与清军混战，只想从胜保大军中杀出一条血路。可是后方桂良大军赶到，太平军前后受敌，实在抵挡不过。不多时，太平军人马死伤无数、血流成河，那情景真是惨不忍睹。林凤翔听说桂良领兵南下，知道吉文元必定不是对手，只可惜自己被僧王牵住，不能前去救援。凤翔心中着急，想绕道去救吉文元，可是胜保大军此时却从相反方向杀来，林凤翔也是两面受敌。

要说林凤翔，身经百战，可以说从未遇到对手。但是现在军心动摇,力不从心,又听说吉军大败,吉文元已经战死。军士们知道这一战必败无疑,所以纷纷逃跑。林凤翔不能阻止,心中非常着急。

第二十一回
完大节三将归神天
拔九江天王再用武

话说林凤翔大军遭到清军夹击,寡不敌众。当下决定分军:朱锡琨抵挡胜保,李文祥应战桂良,温大贺进攻默特,自己与僧王交战。分兵妥当,温大贺先行出兵。温大贺鼓舞军士道:"这一仗就是背水一战,战胜则活,战败则死。我愿意与诸位将士同生死,绝不辜负兄弟之情!"士兵们听后,流泪不止,士气大振。于是以一当百,比先前奋勇了不知多少倍。清军又有些招架不住,天国兵元气恢复不少。林凤翔乘着这点锐气,反攻僧王。僧王没想到林凤翔突然来攻,也不与他纠缠,只命令军士拖住天国兵,耗尽他们的体力。凤翔大军本来已经非常疲乏,知道僧王想用计拖住自己,便令温大贺去收复天津,好作为驻兵的大本营。温大贺听说清军全部人马都在与天国兵交战,天津城内现在正是空虚,便一鼓作气收复了天津。林凤翔大喜,留朱锡琨大队人马与胜保对战,自己领军回到天津。

林凤翔分析当前的局势,觉得全部人马都守在天津城内难免势力孤单,所以派温大贺守天津,自己带领人马驻扎城外。温大贺却说:"现在我军处于被动的局面,这样驻守下去不是长久之计。不如将军留守城内,我去找李开芳请求救兵。"无奈凤翔十分固执,不愿去请救兵,却想连夜去劫清兵大营。温大贺担心凤翔中计,极力阻止,可林凤翔还是一意孤行。三更时分,林凤翔精心挑选士兵千人,作为前锋,后面跟着太平军大队人马,赶往僧王大营。远远看见僧王大寨没有灯火,心中纳闷,但是想到这一仗只要打赢,便可以稳定军心,所以坚持进兵。却不知清将僧格林沁已经早有准备,忽然一声炮响,清军埋伏的人马从四面杀出,枪声四起,都向林凤翔攻来。林军没有灯火,所以无法还枪,因此大败。凤翔这才知道温大贺预料得对。

　　这时胜保已经带兵攻打朱锡琨,朱军没有准备,抵挡不住,还好李文祥领兵前来助战。但是清将桂良知道林凤翔已经没有还手之力,便留下一队人马牵制凤翔精力,自己领兵援助胜保。这样一来,太平军不是清军对手,军营中人心大乱,很多人借机逃跑。胜保乘势追击,李文祥抵挡不住,朱锡琨更是被困在当中。朱锡琨知道自己不能逃脱,又怕被敌军俘虏,料定已经没有生路,叹道:"生是汉臣,死为汉鬼!"于是拔枪自尽。清兵打了胜仗,重整大军,将天津包围。

　　温大贺对林凤翔说:"现在四面都是清兵,我们被困城内,粮草不足。这样等下去只能坐以待毙,不如领兵突围,也许能杀出一条血路。"凤翔因为当初没有听温大贺的话,现在后悔不已。只能与温大贺、李文祥合兵,鼓舞士军气势,准备背水一战。可是太平军这段时间以来连续作战,已经人困马乏,体力不支,明显不是清兵对手。林凤翔被困在清军包围之中，只能勉强应付。正在危急时刻，忽然清将桂良大军纷纷后退，朝东北方向逃去。凤翔纳闷，才知道原来是天国大将曾立昌和黄隆才，由正定进兵，从后面攻打桂良。桂良没想到被天国军从后面夹击，所以大败。凤翔大喜，正想领军改道向西北转移，没想到大将王邦中枪，落马而死。清将成禄又领兵杀来，天国人马顿时又烦躁起来。桂良也领兵攻了回来，与曾立昌死战。天国大军形势险峻，又面临危急。

见到眼前的情景，凤翔抱定必死的决心。李文祥劝他撤兵，他却说："如今偷生回去，又有什么脸面？"于是决心与清军拼死一战。这时候清军人马又攻了上来。忽然一人来报：曾立昌一路救兵，已经被清军打退。凤翔叹道："天亡我也！"说罢整装上马，向敌军冲去。此时清兵已经杀来：左是桂良，右是默特，气势汹涌。林凤翔大叫一声，冲进默特军中，挥枪便打。清将默特中枪身亡。天国士兵都知道如果不奋力杀敌就只有死路一条，所以都豁了出去，个个神勇。清军将领已死，士兵大乱，这一仗竟然打得十分顺利。可是这时僧王赶到，凤翔部下几天的苦战，死的死、伤的伤，只剩五千多人，哪里是僧王对手？因此大败，凤翔逃到一个小山上。敌军渐渐聚拢，把小山包围。凤翔知道自己不能逃脱，于是拔剑自杀。可怜天国军一员勇将，竟然死在这里。后人有诗叹道：

　　　　林王名字震京师，吓煞燕齐众小儿。
　　　　山岳元灵摧上将，沙场有幸裹遗尸。
　　　　渡河未果星先坠，拔地空悲马不驰。
　　　　十载神威今已矣，英雄犹说汉家仪。

中国历代通俗演义故事

林凤翔自刎无名山

太平天国六年八月十六日,威王林凤翔为国殉难。李文祥被困军中,知道林凤翔已死,只好化装士兵夹在军中,落荒而逃。清军来到天津城前,将威王头颅高高挂起,恐吓天国将士。温大贺见了,大叫一声气倒在城楼上。又一名天国大将,为国捐躯。后人也有诗道:

> 义队兴江汉,将军勇冠时。
> 南淮惊战略,北伐策戎机。
> 屡捷称良将,多谋确可儿。
> 英雄殉国难,大节古来稀。

太平军两员大将战死,清军重新占领了天津。僧王便率兵往西南方向去,要与胜保会合攻打李开芳。这时李开芳已经退到高唐,听到凤翔被困,便说:"我以为凤翔大军退了,没想到他又出战。如果是这样,我一定得出兵援助!"于是领兵往北进军。半路遇到胜保大军,知道林凤翔必是败了。部将却说凤翔英勇,又领兵几万人,不会轻易失败。恐怕是胜保知道我们要去援救,领兵前来阻拦。开芳觉得此话有理,于是继续前进,两军在吴桥相会。李开芳见只有胜保一队人马,并不在意,便令进攻。胜保战了一会往北逃去。李开芳继续追赶,大约十多里时扎下营寨。开芳担心胜保有诈,又恐怕林凤翔等待救兵心急,一心只想杀退胜保,去救凤翔,因此第二日仍旧进兵。

胜保原以为李开芳的军队所剩不多,谁知仍有万人。战不多久,李开芳乘胜追击,忽然看到僧格林沁大队人马杀来。李开芳见僧王追来,料定必是凤翔已死,于是传令退军。胜保与僧王合军追赶,李军寡不敌众,被敌军冲得四分五散。乱军之中,李开芳被流弹击中,本想自刎殉国,无奈重伤在身动弹不得,被敌人活捉了去,当晚死在敌军营中。

第二十二回
陈玉成平定南昌城
陈其芒计取桐城关

北伐失败后,曾立昌、黄隆才带领残败将士回到河南,把失利情形上报给李秀成和南京。当时李秀成在山东的战事十分顺利,听到此事不免内心悲痛,道:"凤翔不听我劝告,致使北伐失败,现在清军士气正旺,不如先回江南,以后再做打算。"于是奏报天王,传令退军。天王接到奏报虽然下令收兵,但心有不甘,北伐之意仍在。李秀成回到南京,天王又问起再度北伐如何,秀成道:"北伐失败,不宜轻易再战,应休兵数日,恢复元气。来日天王可先出兵亲征,占九江、上海,待时机成熟再合兵挥军北伐。"天王点头称是,便令李秀成、洪仁达镇守南京,自己领三万兵力向九江进发。

此时曾国藩正领兵进攻黄州,只留彭玉麟、李元度二将驻守九江。天王得知九江守备松懈,便令汪永成率五千人连夜偷袭九江,汪永成用炸药炸毁城墙,一时天崩地裂,两军血肉交战,彭、李二将抵挡不过,弃城而逃。九江攻陷之后,天王随即调遣陈玉成攻打南昌。陈玉成见天王已替自己扫除了后顾之忧,便意气风发,兵分两路向南昌挺进。

再说陈玉成来攻南昌,当时南昌的守将是巡抚严树森和李续宜，二人听说此事立刻聚在一起商议对策。李续宜心中暗想：九江全军守城都没保住，如今敌众我寡，战守都没把握，不如拼死一战或许会有转机，便向严树森请兵出城。谁知严树森不懂兵法且胆小怕事，只同意拨城中一半人马出城迎战，那李续宜也只得听从派遣，便带领一万士兵到城外驻扎。

陈玉成听说李续宜驻军城外，便亲自查看了一番，只见李续宜人马分为三队，其中右军不太齐整。陈玉成暗喜，对部下道："李续宜还算懂些兵法，可笑严树森实在愚蠢，倒帮了我们大忙，我看南昌指日可破。"陈玉成心中早已有了打算，便吩咐各将前来依计行事，并亲自督军攻打李续宜。李续宜听说太平军已到，立刻率兵迎战，并传令军中：攻我左路则右路接应，攻我右路则左路接应，攻我中路则左右都来接应。一面严阵以待，等候陈玉成。

待陈玉成兵临城下，便先令左翼统领孙寅三，带领十员部将，进攻清军右路，并嘱咐道："清军右路不太齐整，战斗力一定不强，得胜之后就不要追赶，立刻转攻李续宜中军，我自有办法取胜。"孙寅三领兵而去，清军右路总兵何凤林带兵接战，双方一阵激战。那何凤林自然不是孙寅三对手，几个回合下来，何凤林便有些无法招架。眼看何凤林抵挡不住，李续宜急忙调左路来接应，这时忽见陈玉成又领大队人马冲来，李续宜左右不能相顾。突然流星马飞报：天国指挥使张祖元、都检使雷焕，已带兵攻到后营去了。李续宜此时纵然有三头六臂，也无分身之术，只好调兵而回。

那时四面八方，都是天国军兵，李续宜被困在中间，不能脱身；那何凤林也在枪林弹雨中不幸中枪落马。孙寅三与陈玉成合兵赶来，李续宜、李云林见已不能再回南昌，便只好带领残兵败将落荒而逃。陈玉成忙令雷焕去追李续宜，令张祖元追赶李云林，自己则与孙寅三领军乘胜攻打南昌。

南昌城内听说李续宜兵败，人心惶惶。严树森不分昼夜，亲自领兵防守。无奈自李续宜兵败后，太平军又增加了陈玉成、孙寅三两路人马攻打东西两门，严树森也渐渐不能抵挡。陈玉成趁势炮轰南昌，一时间城内军心涣散，那严树森只得乔装逃走，至此，南昌城被攻破。陈玉成率军开进城内，出榜安抚人心，开粮仓赈济灾民，城内民众都十分欢喜，周围各郡县也纷纷归降。洪天王听说南昌已破，心中大喜，封陈玉成为英王。

此时，刘丽川、陈连二人也已用计夺取了上海，李秀成见时机成熟，便奏请洪天王进攻安徽。洪天王便令陈其芒为先锋，领大军向安徽进发。进了安庆，太平守将黄文金奏报："曾国藩率大军转战于皖、鄂之间，已经攻下黄州，胡林翼又占据了汉阳，还派兵骚扰武昌附近州县，恐怕要危及武昌。而罗大纲如今在河南驻守，不如让他从怀庆发兵，回守湖北，以壮大湖北声势。"洪天王道："林凤翔已败，罗大纲势单力薄，朕的兵力也不雄厚，把他调回湖北倒也未尝不可，不过还是先等朕取下桐城，等秀成兵到再一同北行罢。"

且说清将张亮基之弟张亮业，与清总兵虎嵩林一同镇守桐城。天国先锋陈其芒领兵杀奔桐城而来，忽然探马来报：

"清国兵马正在桐城紧守,请绕道而行。"天王则吩咐陈其芒:"桐城是北伐必经之路,一定要把它攻下。"陈其芒领命退下。夜里,陈其芒进帐禀告:"有件机密之事要告知大王:臣在桐城内有一结交兄弟,名叫王以成,他说愿作我军内应。他还有一个亲戚叫刘文光,在团练部当百长,恰好把守西门,我与他约定:看到城上插上白旗,就立刻攻城。二更时分,放火为号,他们就会开城门,迎接我军入城。此机会千万不可错过啊。"天王道:"兵不厌诈,恐怕不可轻易相信!"陈其芒道:"我和他肝胆相照,不必多虑。如果大王不放心,不如派小队人马埋伏在西城外,乘机攻入,也是一策。"天王点头称是。

当晚,月色无光,天国人马悄悄而行,城上正是张亮业的团练军把守。不多时,见一小白旗在城楼角上飘扬,陈其芒大喜,悄悄吩咐士兵看见城中火起就举兵攻城。城内的王以成见快要二更,又见城外隐约有人马活动,就放起火来。这时虎嵩林正在南门,见西边起火,立刻调兵前来。天国人马趁机向南门猛扑,刘文光又领本团百人,乘势将西门打开,太平军一拥而入,打得清兵纷纷逃窜。乱军中张亮业被残墙压死,虎嵩林也只能领残败军马逃走。陈玉成扑灭余火后,便迎洪天王入城。忽然探子来报:"鲍超带大队人马即将到达桐城。"天王道:"我已取下桐城,他来又有何用。"便留陈其芒率五千人马守城。

且说鲍超连夜调兵前往桐城,其部将王衍庆道:"洪秀全亲自率兵围攻桐城,势不可挡,我军赶到之时,恐怕桐城已经失守,他们以逸待劳,我军此行怕是徒劳无功。不如出兵攻打安庆,迫使洪秀全撤兵回防,此乃围魏救赵之计也。"鲍超道:"此计虽好,但桐城危急,如果我坐视不救,将来难免受到处罚。"于是仍然按照计划,朝桐城进发。快到桐城时,见虎嵩林落荒而来,鲍超大惊:"果然不出王衍庆所料!"但那鲍超天性好战,执意要挥军杀回桐城。结果刚到桐城,恰好与陈其芒两军相遇,清兵人困马乏,毫无战斗力,战不多时便败下阵来,连夜逃回大通去了。自此以后,安徽全境,大受震动。

清兵屡战无功,渴求良将。鄂督吴文熔便推荐了一人,此人便是左宗棠。清廷接到奏报,降了一道谕旨,封左宗棠为五品京堂,掌管皖南军务,使他独当一面。

第二十三回
攻金陵向钦差败死
武昌城胡林翼中计

话说洪天王攻进了桐城,威声大震,传令休兵半月,然后北上。忽然流星马飞报:"向荣现任钦差大臣,正发兵攻打金陵,声势浩大,情况危急。"洪天王听罢,叹道:"金陵有此变故,如何是好?"李秀成道:"向荣攻我金陵,就是想阻止我军北伐。金陵城池坚固,而且还有杨辅清、洪仁达把守,向荣未必能够得逞。如今可令李世贤,由浙江返回南京,攻打向荣后军,我军士气一振,向荣必败,大王不必担心。"洪天王仍然犹豫不定。副将林彩新则道:"金陵是我们的根本,不能有半点闪失。不如先回金陵,待打败向荣后再北伐不迟。"秀成道:"此话有理。但兵法讲究先发制人,不如领兵赶往庐州,假装回兵接应金陵。如果金陵无事,我军便可攻向荣后路,趁势北进,否则就回防金陵。"洪天王鼓掌赞同,便率大军向东进发。

再说向荣,连日来屡战屡败,早就想一雪前耻,加上刚被任命为钦差大臣,因此,重新夺回金陵的意图更加强烈。于是向荣率步骑四万人,吉林马队六千人,浩浩荡荡往金陵而来。并命张国梁、张敬修带步兵万人,先攻镇江,吩咐道:"镇江为金陵咽喉,是兵家必争之地,拿下镇江后,你我就可合兵一同攻打金陵。"

早有探子将此事报知李秀成。秀成对洪天王说道:"向荣死期到了,他带兵打仗向来谨慎,没想到这次竟逞能攻打金陵,真是自不量力。"说着便请洪天王先回金陵稳定军心,又吩咐部将依计行事。

且说张国梁领一万兵力到达镇江,太平军守将杨辅清对部下道:"张国梁此次并非想夺取镇江,不过是想牵制我军罢了。我军只管坚守,见机行事。"那张国梁连攻两日,毫无结果,便与张敬修商量道:"杨辅清骁勇善战,如今坚守不出,恐怕另有阴谋。"敬修道:"向帅暂时很难攻下金陵,我军守在这里也不是长久之计,不如先回金陵吧。"张国梁也很赞同。谁知此时吉志元已奉天王之命打来,张国梁大惊,根本无心恋战,只想着撤兵与向荣会合。

向荣听说张国梁失利,正想援救,没想到他已带兵回来了。张国梁详细说明退兵原因,又道:"高资是太平军运送粮草的要道,如果断了此道,敌人便不攻自破了。"说罢便请战攻打高资,向荣应允。谁知杨辅清早打听到此事,便亲自领兵要与张国梁一战,那张国梁哪是杨辅清的对手,他虽顽强抵抗,但仍损失惨重,狼狈奔回句容。向荣正要前往援救,不料后营突然起火,原来是一些清兵看向荣形势不妙,便想投降李秀成,于是放火扰乱军心。向荣此时正拿不定主意,忽见东北方向一路大军杀来,主将正是杨辅清。向荣见状急忙往东南逃跑,不料一颗飞弹正中向荣左臂,向荣险些坠马。

太平军全力追杀清兵,结果向荣全军覆没,只得狼狈逃回丹阳。

李秀成与诸将追杀数十里便下令收兵,部下不解,问道:"向荣已穷途末路,现在不追,等他恢复元气,岂不是又多一劲敌?"秀成道:"我军长途征战已很疲惫,况且丹阳仍有清兵万人,不可小视。我想不用我动手,向荣的死期也近了。"部下又问:"大王怎么知道向荣必死?"秀成道:"向荣生性要强,如今屡战屡败,羞愧交加,必然抑郁成病,怎能不死!"说罢命部将们各回守地,自己也领兵回金陵去了。

且说向荣回丹阳后,清点人马只剩五千,便对部下叹道:"我自带兵打仗以来,哪受过这样的奇耻大辱?真是既愧对朝廷,又没脸见江东父老啊!"说罢,咳出血来,昏倒在地。向荣本来臂上就有枪伤,加上急火攻心,几日后便死于丹阳城中,死前推荐和春与张国梁为钦差大臣,打理江南军务。洪天王听说向荣已死,大喜道:"向荣虽是屡败之将,但他多次侵犯金陵,实在是我军心腹之患。如今向荣死了,朕可以放心北伐啦!"于是大摆筵席。不料正高兴时,武昌急报:胡林翼正会合多路大军攻打武昌。洪天王听后,急忙令李秀成前去营救。

原来曾国藩自从被洪天王夺取九江之后,心里十分愤恨,便令胡林翼马上攻打武汉。一日,胡林翼与部将多隆阿商议进兵,多隆阿道:"如今天国人马只有谭绍洸把守武昌,此时进兵再合适不过了。"胡林翼道:"前两次出师不利,就是因为太张扬了,而使敌人预先做好了准备,这回咱们谨慎行事,不怕那武昌攻不下来。"于是调遣部将分路进攻。

那天国守将谭绍洸打听到清军这一动静,一面在城外埋伏地雷火线,一面飞报金陵告急。不料刚刚布置妥当,就听说洪山已被多隆阿占领,胡林翼则带领大军直奔武昌而来,清国水师也从妙河挺进。武昌城内,谭绍洸防备不及,急忙和晏仲武商议,晏仲武道:"清军全力攻打,情况不妙,我军不如暂且回避。"谭绍洸道:"我自起义以来,从没当过逃兵,今日逃跑岂不被人耻笑!"冯文炳道:"武昌不能久守,不如在城内埋伏地雷,我军先假装逃跑,将敌人引入城,然后再引爆地雷,趁敌军慌乱之时,我们再回军夺城,如何?"谭绍洸还是认为不妥。而此时清军水陆夹击,攻势很猛,太平军已经筋疲力尽。冯文炳又对谭绍洸道:"我军疲于奔命,不是办法,不如依照前计,弃城池,炸清兵。"谭绍洸见战事不利,只好传令军士各自打理包裹,假装逃跑。胡林翼在高处看见,以为谭绍洸要逃,便令军士猛攻,很快西边城池就被攻陷。此时太平人马已经纷纷逃出,清兵都争先恐后挤进城来,忽然一声巨响,城墙塌陷数十丈,被埋的清兵不计其数。胡林翼见中了敌人埋伏,恼羞成怒,传下命令凡是后退的士兵一律处死。多隆阿虽已受伤,但听到胡林翼下令,只得一起督兵前进。

谭绍洸逃出武昌后,留在城外观望,见清兵不退反进,不觉大怒道:"和清军打了这么多次仗,从未见他们如此勇猛,这次怎么这么反常?"晏仲武道:"清军屡败,今天又被地雷炸得这么惨,一定憋了一肚子气,我军应该避其锋芒,不可再回武昌了。"谭绍洸道:"当初真不应该离开武昌,如今后悔也晚

清兵陷入地雷阵

了,不如暂且去安徽吧。"晏仲武道:"将军不可,清兵大军压境,我军是无论如何都守不住的。武昌虽然失守了,但炸死了无数清兵,我军兵力也没受什么损失。如果去安徽的话,恐怕整个湖北都会失守了。不如先去兴国州,我军在此地很得人心,而且那离武昌又近,等救兵来了,就可合兵一同再收回武昌。"谭绍洸觉得有些道理,于是便领军前往兴国州。

第二十四回
罗泽南捐躯赴国难
李忠王施计收武昌

话说胡林翼攻下武昌之后,一面派人修缮城池,一面奏报胜利消息。听说谭绍洸已奔往兴国州,官文便想带兵前去攻打。胡林翼道:"金陵救兵不久就要到了,我们必须抓紧防守,兴国只不过是一个小城,不用劳烦大军,派遣一员将领前往即可。"曾国藩道:"兴国虽小,但谭绍洸兵力仍然很强,不可轻敌。"罗泽南道:"末将不才,但取一兴国州实在易如反掌,而且末将深受大人知遇之恩,就算死也无憾了。"曾国藩便令罗泽南领兵万人,朝兴国州进发,又令塔齐布领本军随后启程,随时接应。

谭绍洸到达兴国州后,严加防范。将近黎明,忽然听说罗泽南领兵追来,谭绍洸急忙与冯文炳商量应敌之策,冯文炳道:"罗泽南行军谨慎,我军需小心应对。我听说本城有一队义勇军,作战奋勇,将军可加紧守御城池,令洪春魁、晏仲武二将诱敌;我则率领义勇军袭击他的后路,两面夹击,必定取胜。"谭绍洸依计部署。

且说罗泽南分兵一半驻扎金湖,一半进攻州城,又派塔齐布攻打洪、晏二军。交战不久,洪春魁、晏仲武便假装战败逃走,罗泽南以为塔齐布已将洪、晏二军拿下,便更加精神抖擞、拼命攻城。谭绍洸奋力抵抗,双方僵持不下。罗泽南正在焦急之时,忽然听说有数千名兴国州的义勇军偷袭金湖,不禁大吃一惊,急忙撤兵返回金湖。罗泽南道:"这些义勇军都是些民兵,并不是想求战,不过是想骚扰我军罢了,一会儿若真打起来,他们肯定就被吓跑了。"诸将大笑,都不将义勇军放在心上。那冯文炳见清军并不防备,便率领义勇军一拥而进,清军哪能想到义勇军竟然如此善战,结果死伤惨重。冯文炳又领一队强壮亲兵,直接冲入清军营内,要活捉罗泽南,那罗泽南见大事不妙,只得骑马逃走。自洪、晏逃走之后,塔齐布穷追不舍,此时正与洪、晏二军再次交战,听说罗泽南兵败,便要回兵救援,洪、晏二军趁势反追塔齐布,塔齐布边战边走。回到金湖,塔齐布见大营已被冯文炳夺下,无心恋战,只得领着败残人马逃回武昌。曾国藩见打了败仗,罗泽南又下落不明,心里很是焦急,便令部下分头探访。第二日,有军士将罗泽南的尸首搬了回来,原来罗泽南单枪匹马逃走之后,被兴国州人发现,此地人最恨清国将官,便趁其不备将他打死了。曾国藩大为悲痛,当即奏报北京。

话说李秀成发兵赶往武昌之后,洪秀全考虑到下一步将要出兵北进,于是命令罗大纲先攻取扬州,为北伐创造有利条件,并派赖汉英一同前往。临行前秀全嘱咐道:"当年林凤翔占据了扬州,便可在江南任意纵横,可见扬州在江南地区非同一般，你们一定要尽力将它攻克。"罗大纲领命往扬州赶来，不久打听到：扬州由知府世焜、参将祥林把守，钦差托明阿驻守城外，城内守兵只有七八千人，托明阿大营不下两万人。罗大纲对赖汉英道："托明阿人马众多，恐怕不容易攻破。今请将军以本部人马压住托明阿，我率军攻打扬州，扬州一破，你我合兵再打托明阿便轻而易举了。"赖汉英于是依计而行。

　　罗大纲先令刘官芳领兵五千，试探城内防御能力强弱。世焜奋力抵抗，攻城一直持续到夜晚也不见分晓。忽然城中有火光闪烁，罗大纲便大喊道："众将士同我一同破城！"罗大纲身先士卒，冒火突进，太平军也士气大增，一同向前冲杀。原来大战之前罗大纲就派了百名精兵，混入扬州作为内应，此时放火就是为了扰乱清兵。果然清军此时军心已乱，于是太平军乱枪齐发，清将世焜中弹落于马下，参将祥林见无力回天也拔枪自尽而亡。罗大纲攻克扬州，随即令军士在城中空地放起火来，众人不解，大纲道："赖汉英与托明阿还未分胜负，我放这把火就是要扰乱敌人军心，壮我军士气。"众人听后都点头深表佩服。罗大纲随后令刘官芳驻守扬州，自己率本部人马前往相助赖汉英。

　　却说那托明阿不懂军事，以为援兵一到，自然就能打败太平军了，因此赖汉英分军三路猛攻，托明阿却并不接战。部将缉顺气愤说道："将军乃是钦差大臣，朝廷是希望将军能够带兵奋勇杀敌，而不是拥有数万之众，却坐等着救兵。"托明阿无言以对，只得与各将出战。交战到深夜，清军望见扬州城内起火，顿时慌乱。不久罗大纲的人马也到了，两军夹击，清军渐渐力不能支，托明阿也只顾自己，连夜逃走了。这件事情被清朝廷知道，大为震怒，当即免了托明阿钦差大臣之职，由将军德兴阿接任。

此时，清国和春大军正撤离安徽，便与张国梁相遇，张国梁道："扬州失陷，罗大纲士气正旺，和他交手不容易取胜。此时金陵空虚，如果我们合攻金陵，罗大纲必然回军救援。等他回军之后，德兴阿就可借机收复扬州，并可与我们一同攻打金陵了。"和春听后不住点头，便一面通知德兴阿，一面移兵进攻金陵。洪秀全听说此事，立即调罗大纲回金陵救援，罗大纲只得留数员将官驻守扬州，自己则带兵赶往金陵。

话说自从武昌告急，李秀成便带救兵火速前往救援。到达兴国州后，李秀成道："武昌在长江上游，对整个江南地区的局势有决定作用，一定要把它攻下。当今之计，应先收复它周围的郡县，再攻打武昌。"于是派晏仲武、洪春魁分别率兵前往攻取各郡县。此时陈玉成在安徽先后攻占潜山、太湖、宿松、黄梅，又转战湖北，英山、罗田、孝感也被夺下，真是纵横千里、势如破竹。捷报不久传到兴国州，李秀成大喜道："英王真是好样的，如今安徽局势稳定，我看也是时候收复武昌了。"于是便命人去打探军情。不久，探子报称：曾国藩在家守孝，手下部将都归官文调遣。现在李世贤在江西所向披靡，势不可挡，官文已派塔齐布、杨载福到江西防守。李秀成听后，对部下道："大敌当前，还分兵外出，官文真是失算，破武昌指日可待。"于是又对谭绍洸道："我猜官、胡二人只会防我袭击武昌，绝想不到我会攻取汉阳。而汉阳是湖北重镇，他们必会发兵营救，你可以乘势袭击援兵，无论汉阳是否攻下，对我们攻打武昌都有很大的帮助。"部将们觉得这次出兵太过张扬，秀成道："兵法本来就是讲究虚实结合，我大张旗鼓，就是想让他们知道我要打武昌。"

官文得知李秀成领兵进犯，便调精锐部队守御。胡林翼道："此次李秀成出兵大张旗鼓，一反常态，我怕他会另有图谋。"正怀疑间，忽报：陈玉成、谭绍洸分兵两路直逼汉阳。官文大惊道："汉阳有难，事关重大，我军应立即救援。"胡林翼道："汉阳虽然重要，但此时去救恐怕也来不及了，而且现在调兵出城的话，武昌也会面临危险。"那官文哪里听得进去，早调拨人马赶往汉阳去了。这正中李秀成下怀，当即派人马全力进攻武昌。官、胡二人拼死守住武昌城，忽然得知赶往汉阳的援军已被谭绍洸截击，大败而回，洪山也被李昭寿夺得，二人听后乱成一团。恰在此时东门也被攻破，官、胡二人再无心思守城，只得逃往汉阳去了。

李秀成进城之后，立即修复城池，赈济灾民，论功行赏。众将领之中，以李昭寿功劳最大，李秀成此后便更加看重他，与他同吃同住。谭绍洸提醒道："忠王未免也太重视李昭寿了。"李秀成道："那还不是因为他骁勇善战，是名良将。"谭绍洸道："这点确实不错，但李昭寿为人奸险，不可不防，千万不可委以大权，以免危害国家。"李秀成听后沉默了一阵，然后命左右退下，道："我所以这么重视他，也是不得已啊，林凤翔死后,北伐遥遥无期。如今捻党声势浩大,而李昭寿与捻党交情很深,我是想凭借李昭寿来联络捻党,牵制北方啊。"谭绍洸道:"虽说如此,但是对他也应有所提防。"秀成道:"我以心和他结交,他一定不会背叛我的。"谭绍洸只得作罢。

第二十五回
显神通陈玉成破敌
守六合温绍原尽忠

　　武昌才平定不久,忽又有金陵急报:清将德兴阿围攻扬州,和春、张国梁合力进攻金陵,李鸿章又借洋人的炮火进攻苏州,形势危急。李秀成听后,只得通知陈玉成一起回金陵,将北伐的事暂且放下。

　　且说陈玉成率本部趁夜赶回金陵,谁知清将胜保领兵三万来袭击陈玉成。陈玉成听得此消息,马上派人查看地势,命令军队先在八斗岭扎营,岭前岭后连营数十里。军中四万人,却号称十万,营中每夜都烛火通明。诸将不解,玉成道:"胜保屡次被我军打败,军心必然胆怯,这样做就是要震慑敌军,而且我已经有了破敌之计。"这边胜保听说陈玉成在八斗岭安营,夜里计算灯火,不下十万人。胜保安抚军心道:"敌军不过是想虚张声势罢了。"但清兵和陈玉成屡次交手都损失惨重,已经有了惧意,因此对胜保的话半信半疑。次日,胜保率先出兵试探敌军,太平将领蒙得恩领兵接战,战至中午,蒙得恩按照陈玉成的计策假装战败而走。胜保见前军得胜,便挥军追赶。太平军一面逃走,一面将财物丢在地上,清兵见到财物心花怒放,只顾得捡拾,哪还有心思打仗,却不知这是陈玉成设下的一计,太平军趁此机会一起杀回,清军措手不及,死伤无数,陈玉成大获全胜。

李秀成回到金陵,洪秀全大喜。秀成道:"陈玉成虽是良将,但连续作战,士兵都已疲惫,不如暂且留在安徽休养。我已命李昭寿前往扬州,只要德兴阿一退,和春、张国梁二人腹背受敌,也支撑不了多久,金陵很容易便可解围。但臣所担心的是他们去而复返,那样会使我军疲于奔命,因此不是长久之计。而六合一直以来都被敌人占据,是敌人进犯金陵的根据地,我军如果能攻破六合,则敌人必将不战自退。"洪秀全点头称赞。

话说李昭寿攻打德兴阿,德兴阿果然抵挡不住,带兵奔回兴化。和春听说德兴阿兵败,怕李昭寿与李秀成夹击自己,便也回天长去了。只有张国梁一路人马,怕六合不能长守,仍没有退兵。李秀成便令赖汉英拖住张国梁的军队,使他不能援救六合,又召罗大纲、李昭寿联合攻打六合。那六合不过也只是座县城,李秀成之所以大动干戈,是因六合守将温绍原精于守城。若温绍原在城外,则六合一定能被洪秀全所得;若温绍原在六合城内,那么洪秀全无论发兵几次,也只能无功而返。且温绍原优待军士,凡有军士伤病,一定亲自看望,所以士兵们都很愿意为他效力。温绍原听说李秀成大军压境,于是严阵以待。李秀成听说后也加紧筹备,把攻城所用的各种工具都准备齐全。李秀成对李昭寿道:"将军冲锋陷阵最为英勇,温绍原非比寻常,若可以冒死攻下六合,便是大功一件。"李秀成又对赖文鸿道:"将军有神枪手之称,我料想温绍原一定会亲自督兵作战，将军若能击毙温绍原，六合就不愁攻不下。"李昭寿领兵先行，赖文鸿也依秀成吩咐，准备狙击温绍原。不承想温绍原已有准备，早就在城上修筑了坚固短墙，用来躲避枪弹，因此赖文鸿最终也没有得手。而李昭寿攻城的时候也受了枪伤，李秀成见城池如此难攻，便传令退兵。赖文鸿禀道："温绍原守御完备，我们可以利用吕公车来攻城。"李秀成觉得此计可行，便招募万名工役不分昼夜赶做吕公车。

那温绍原见李秀成连日不出，怀疑他另有图谋，于是命令军士加固城墙，并准备火器。数日后，李秀成果然前来攻城，以吕公车为前部，炮兵为二路，大军随后而进。李秀成先令军士开枪试敌，无奈城池坚固，城中一点动静都没有；秀成又下令发炮，哪知温绍原早在长垒之外布满了铁网，炮弹都落到网下的壕沟里了；秀成又用吕公车攻城，温绍原便用准备好的火器还击，那吕公车用木制成，最易着火，许多人马死伤，秀成没有办法只得传令退兵。此战之后，太平军又攻城数次，都无功而返。李秀成心想这样下去可不是长久之计，便召集众将，道："我用兵以来，还没见过守御城池谁能比得上温绍原呢，真是与我国的林启荣不相上下。我军围攻六合，屡战无功，现在不适宜再度攻城。我想到一个以柔克刚之计：我军可先包围六合，隔断它与外界的联系，城内粮草必有断绝之日，到时六合将不攻自下。"众将都觉得可行。秀成又派一队人马，相助赖汉英，一同抵御张国梁。

且说六合城内军士，连日来不见太平军攻城，都以为李秀成有退兵之心，暗暗欢喜。只有温绍原满脸愁容，对部将罗玉斌说道："我军能战却不能守，战可挫敌军锐气，迫使他们退兵；守却只能坐以待毙，城中粮草终究支持不了多久。"罗玉斌道："张国梁离我军不远，或许能来支援。"绍原道："李秀成用此计策，就必定会派兵去攻打张国梁，他能隔断我们的交通，又怎能不断绝我们的外援啊。"罗玉斌听后也不免苦闷，但终究没有办法，二人只能是稳定军心，操练人马罢了。

一日，李秀成忽然得报：和春派总兵陈升带兵五千支援六合。秀成听后心生一计，便令李昭寿前往埋伏，并在临行前嘱咐道："此次出兵，只需要夺取他们运输粮草器械的辎重车，至于援兵尽管放进城去。"李昭寿依计行事，陈升哪是李昭寿的对手，没几个回合便丢弃辎重车逃往六合去了。李秀成听后大喜，道："城内多了五千兵力，对我们来说没什么大碍，但他们城内突然多出五千人吃粮，恐怕屯粮不久就要用尽了。"

两个月后，罗大纲和赖汉英将张国梁打败。李秀成于是又召集诸将，道："我们进攻六合的时机终于到了，昨日我见六合守兵士气低下，守备也很松懈，可见城中粮草已十分匮乏了。和春如果知道陈升兵败，一定会前来救援，我军应在他来之前拿下六合，诸将谁愿前往？"众将官一齐应声愿往，李秀成便令李昭寿、赖文鸿分兵两路而行，并准备了坚厚的藤牌，用来防弹，又号令士兵携带干粮，不可退后，直到攻下六合为止。

且说六合已被困数月，城中军民已面有菜色，弹药也所剩不多。温绍原又突然得报:李秀成正领大队人马分四面攻城,绍原顿时泪如雨下,哭道:"我死不足惜,却可怜拖累城中这么多士兵百姓啊!"说罢,一面擦拭眼泪,一面领兵督战。城中子弹不久就用完了,太平军于是杀进城中,两军短兵相接。李秀成不愿再开杀戮,于是下令招降,清兵却仍奋战不止,不得已秀成只好令士兵开枪,清兵一时尸积如山,温绍原、陈升、罗玉斌都中枪阵亡,秀成也大为哀痛。除陈升所带的军队外,温绍原军中没有一个人投降,秀成不禁赞叹:"温绍原如此得人心,真令人可敬可叹。他若有粮草弹药接济,谁胜谁负也不好说啊。"于是命人厚葬温绍原,并将其将士的遗骸都葬入城外山丘,为了表示敬佩之意,特将此地命名为"义勇坟"。李秀成令李昭寿留守六合,临行前嘱咐道:"六合不可再失,一定要守住,君应以温绍原自勉。"说罢,便领兵回金陵了。

第二十六回
李世贤惜败江西地
李秀成兵围杭州城

却说太平主将侍王李世贤,纵横江西,攻城略地,威声大震。清将鲍超在湖南伤刚养好,便请兵出战李世贤。鲍超战功卓著,数年间所向无敌,所带军队号称霆军,与多隆阿齐名,军中称为多龙、鲍虎,但事实上多隆阿的战绩远不如鲍超。话说李世贤合各路大军来攻南昌,忽报鲍超领兵来争江西。李世贤道:"鲍超打仗向来毫无兵法可言,不过是强悍好斗罢了。我军人马众多,不愁打不过他。只要鲍超一败,清军中就无人再敢来攻打江西了。"说罢便准备与清兵交战。

那鲍超平日管治军队倒是很严格,但一旦得了城池,便纵容士兵三日。这三日内无论士兵如何抢掠奸淫,都不过问,所以各处百姓都不愿霆军得胜。霆军抵达抚州后,鲍超命令部将:各率二千五百人,分为八路,自己统率中军,准备迎头大战。第二日黎明时分,各路人马分道齐进。两军枪声齐发,喊杀震天,一直混战到中午也未分胜负。李世贤见一时很难打败鲍超,于是率领军队转而进攻敌军的左路。这下正好打得霆军措手不及,霆军顿时有些慌乱,很快溃败下来,李世贤趁势追击,大喊道:"我军已胜,众将士随我一起进攻。"于是太平军一拥而进，霆军死伤不计其数。鲍超见状亲自擂鼓振奋军心，并下令退后者斩，大呼道："三军进可以求生，退只能寻死！"说罢，王衍庆、唐仁廉二将已骑马冲出。士兵们也都很受鼓舞，一起向前冲杀。李世贤原以为用不了多久，霆军就会被打败，不料清兵突然回击，杀气十足，两军顿时混战在一起，互相扑杀。太平将领陈炳文认为擒贼先擒王，只要杀了鲍超，自然能取胜。于是引军横冲清军中营，只攻鲍超。不料反被王衍庆截击，枪声响处，陈炳文落马身亡。这时李世贤肩上也中了一颗流弹，几乎坠马，太平军于是大乱。傍晚时分，清军万枪齐发，太平军不能抵挡，大败而退。李世贤率军向北而逃，心想：鲍超与他人不同，天性好斗，今日见我兵败，必然穷追不舍。于是心生一计：一面逃走，一面分留人马，在树林山岭处埋伏。没过多久，鲍超果然追到，沿路埋伏的太平军便发枪袭击，霆军又死伤数人。部将唐仁廉劝鲍超道："败兵莫追，况且夜里不适宜再度进兵，还是及早收军吧。"鲍超于是传令回城。李世贤兵败后，鲍超乘机收复各郡县，上报捷音。

　　李世贤吃了败仗的消息，不久传到金陵，洪秀全深感焦虑，便召李秀成商议道："自武昌失陷以后，我军已恢复元气。如今侍王在江西打了败仗，又有传闻鲍超还要进攻九江，恐怕我们南方大局不稳啊。"秀成道："胜败乃兵家常事，天王不必忧虑。侍王虽败，但凭他的实力一定可以阻止鲍超，而且九江还有林启荣把守。倘若真有意外，臣也有破他之计。"洪秀全这才放心，便传谕令林启荣、李世贤加紧防守。

且说金陵城自洪秀全建都后，改为天京。几员大将又相继立下战功：李秀成破向荣，退张国梁，收复武昌；陈玉成大破胜保；李世贤纵横江西，大军又先后拔扬州、下六合，军声大振。洪秀全于是大赏群臣。起义之初，只有两广的人才封王，如今大家一律平等对待。当时爵位最高、权力最重的依次为：忠王李秀成、英王陈玉成、辅王杨辅清、侍王李世贤、赞王蒙得恩、燕王秦日纲、堵王黄文金、慕王谭绍洸、勇王罗大纲、章王林绍章。其余如林启荣、李昭寿、赖文鸿、赖汉英等也记功封王。当时恰逢洪仁玕出使美国回来，便封他为开朝精忠殿右军王，总理政事。洪仁玕因为曾驻美国，熟知西方文明，这次回来便与刘状元结合中西习俗，修改政法。首先，禁绝人民吸食鸦片，并订立市政制度：按当时军民法令，愿者从军，不愿者从商；官兵不得私入民宅，违者斩；工商士庶七日一休息，凡无业游民，都被罚修筑营垒等等。太平天国七年，又开设女科考试，与男科并重，将让女子读书作为家庭教育之本。天国重视文化教育，盛极一时。

且说左宗棠与安徽布政使李孟群在安庆打了败仗，损失十分惨重。咸丰帝于是急招曾国藩回江西督军作战。曾国藩认为九江是战略要地，若不能夺得九江，则南方各省之间的援救也十分困难，于是先后派遣塔齐布、李续宜、彭玉麟、杨载福等数员将领进攻，但都被九江守将林启荣挫败，清军前后损兵折将不计其数。曾国藩屡攻九江都未能成功，于是决定转攻浙江，切断洪秀全援救九江的路线。此时浙江藩司王有龄，也领兵万人，发兵攻打杭州。曾国藩于是命鲍超与王有龄会合，又请左宗棠由宁国赶赴杭州，分三路共取杭州。当时太平军的杭州守将项大英，竭尽全力防守，但终归寡不敌众，只得弃城奔回金陵。清廷听说杭州已经被攻下便论功行赏，左宗棠升任钦差，王有龄为浙江巡抚。

杭州失陷后，太平天国在浙江的势力也削弱得差不多了，洪秀全因此十分担心。李秀成建议道："如今当务之急是收复浙江，稳固金陵，然后才可北伐，臣愿带兵前往杭州。"于是召集各路将领一同向杭州进发。

王有龄听说李秀成将带兵打杭州，于是更加紧训练军马，并且将家眷也接进城中，王有龄道："家属随军本不妥当，但我愿以此表明心志，若有不幸，我全家将在此共赴国难。"众人听了都深感叹息。

王有龄听说李秀成军势浩大，急忙派人请曾国藩调兵相助。曾国藩于是调知府张运兰，提督张玉良、况文榜，各领本部前往杭州救援，又令李元度带兵五千同往。李秀成得知后，对众将说道："杭州人马本来就不少，张运兰、张玉良也是善战的良将，如果他们也赶到杭州，对我军将十分不利啊。张运兰由水路进兵，我料他必不防备。"于是令陈其芒领兵六千，中途截击张运兰。那张运兰果然守备松懈，损兵三千，大败而回。张玉良、况文榜见状也不敢进军了，只有李元度依然挺进。秀成听说，笑道："李元度真是个庸才，我军人马众多，他只不过孤军奋战，如此贸然挺进不是自寻死路吗？"于是令陈其芒率一队人马出战，没多久陈其芒就诈败逃走，李元度不知是计，依然舍命追赶。到了山林深处，早已埋伏多时的赖文鸿率兵突然发起攻击,李元度吃惊不小,哪还有招架之力,于是退回江西去了。

张玉良见李元度也被打退,于是对况文榜说道:"我军不是李秀成的敌手,杭州已被围二十多天,水泄不通,恐怕城内粮草也不多了,还是想想如何运粮进城吧。"况文榜道:"李秀成守备森严,运粮恐怕十分困难啊。"张玉良说:"我有一计,如今杭州城内的水道都已淤塞,只有听门的水路可容船只来往,再等几天河水见涨,我军便可由水路运粮入城。"谁知秀成早有防备,探子打听来详情后,便安排人马在中途伏击,那张玉良、况文榜原以为计划周密,不想却中了埋伏,大败而回。

第二十七回

李秀成义葬王巡抚
张国梁怒投丹阳河

话说援军都已退去，秀成全力攻城，可是连日进攻，依然僵持不下。原来那王有龄深受士兵爱戴，军士都愿拼死守城。秀成于是想出一计，安排妥当之后，夜里便发兵攻城。双方喊杀连天，王有龄正奋力抵抗，忽见西门火光冲天，城内人心顿时大乱。恰在此时，南门也被李秀成用大炮轰开，塌陷了数十丈，太平军一齐冲杀进城。那张玉良见杭州危在旦夕，于是冒死率军赶来营救，不料刚到凤凰山，却中了太平军的埋伏，清兵或死或降，况文榜身受重伤，张玉良也丧命在乱军之中。

杭州分内外两城，当时外城已被攻陷，内城居民人心惶惶。王有龄自知外援无望，城池难保，心中无比悲愤，于是修书一封给李秀成，请他不要残杀城内百姓。秀成见他如此仁义，心中肃然起敬，于是回书道："你我攻守只是各为其主，对俘获的满洲将士，我们都从未杀害虐待，又怎能涂炭百姓。满人占据我中华并不是正理，如果你能出城受降，请明日答复，否则后日我当全力攻城。"王有龄收到回书后叹道："忠王真是当世豪杰啊！"于是又略写一书，射于城外。李秀成看后,已知王有龄并无降意。于是遵守约定,等到第二天,发兵攻城。一时炮火轰鸣,东南两座城门随即塌陷,太平军一拥而入。秀成入城后,立即传令不得胡乱杀人。又带领数十骑,直奔杭州府衙,要与王有龄相会。王有龄当时正在后堂,听说秀成攻破城门,于是整理衣冠,准备自尽。秀成赶到府衙时,已听衙役传出:王有龄自缢死了。忠王听说不禁十分叹息。于是出资厚葬王有龄,并让他的家眷将灵柩运回原籍。又下令从嘉兴运来数万石粮食,赈济灾民。

李秀成布置防守完毕,便要班师回金陵。忽报张国梁、和春合兵五万,力攻金陵,请李秀成速回军救应。原来张国梁自六合失守之后,退守丹阳,重整人马,与和春分东西两路进攻金陵。并令总兵冯子材、吴全美,分水陆两路,攻占湖州、广德。又遣赵景贤领兵五千人,在宁国驻兵,作为声援。秀成听说不觉大怒,对左右说道:"想当初,向荣多次被我军打败,却百战不倦,每次我率军远征,便侵扰我金陵,使我军不能北进,所以我才用全力将他置之死地。不想如今张国梁同样如此,真是心腹之患。"左右道:"忠王神威,何必怕他张国梁。"秀成道:"张国梁在一日,金陵就一日不安,使我军疲惫劳累。我此次不杀张国梁誓不回军!"说罢引兵回金陵。

李秀成刚要回兵,正遇上侍王李世贤、陈玉成领兵也前来接应金陵。秀成很是高兴,于是令李世贤先攻打湖州,破冯子材、吴全美,然后引军截击张国梁。李世贤去后,秀成又令杨辅清率本部出城抗击和春,布置妥当之后才率大队人马赶回金陵。秀成对部下说道:"我令杨辅清抵挡和春,又令李世贤袭击张国梁,就是想让张、和两军分开作战,张、和两军一旦分开,我自有破敌之法。现在我军离天京只有三百余里,不过两三日的行程,不怕救不了天京。"说罢引军急行。不久探得和春大军共有五万人,部将数十员,声势浩大。秀成于是令陈玉成由西梁山直下江浦,攻和春的后路。没战几日,各路军马便都传捷报,秀成见时机已到,于是出兵直攻张国梁。那张国梁也正准备接战,不料探马飞报,湖州、广德都已失守,赵景贤也被困在宁国府,张国梁听说心中暗想:军饷全靠闽、浙及广东三省,如今闽、浙运道已断,只剩广东一省,可是与我军相隔太远,将来粮饷肯定不足。眼下情形,腹背受敌,和春一军又不能相应,不如暂时回军。想罢,便令三军退回丹阳。和春此时也被陈玉成打败,损兵四五千人,领兵奔逃到丹阳与张国梁会合。

　　太平军大获全胜,李秀成和诸将一同进天京,商议进兵之事。洪秀全在殿上大宴群臣,共商大计。李秀成道:"这些年胜负无常,如今我军大败和春、张国梁,士气大振,正是进取之时。我国长久以来,都不能长驱北上,就是因为天京屡次被敌人牵制。如今诸将都汇集在金陵,正应当全力以赴了结了张国梁、和春,以除后患,我大军才可再度北伐。"众人都很赞同。于是秀成便和李世贤合军,直奔丹阳。行军没几日,前部先锋赖文鸿捕获一名奸细,那人口称:"愿见忠王,有要事禀告。"赖文鸿于是将那人押解至军中。原来此人是张国梁的逃兵,名叫张英,愿作秀成内应。秀成道:"你既然当了逃兵,又怎能再做我军内应?"张英道:"如今张国梁又招募逃兵，小人已经决定归伍。小人当日在军营时，与数十人结为一党。忠王与张国梁交战时，我等便从后刺杀，定能扰乱他的军心。不知忠王意下如何？"秀成微微一笑，赏银十两，令张英见机行事。

话说张国梁与和春同回丹阳之后，各诉兵败之事。国梁道："此次兵败，败在不该分兵。如今你我二军应当互为犄角，以免再中敌人奸计。"和春点头称是。这时李秀成大军也已赶到，张国梁计点部下，尚有三万余人，大可一战。于是出南门，在离城十余里处驻扎，和春也驻军东门外，与国梁互为声援。

秀成探得清国钦差德兴阿一军，正在兴化驻扎，于是令罗大纲向扬州移兵，牵制德兴阿，以防止他去丹阳援救。又令赖文鸿为前部，率先冲锋陷阵。赖文鸿依照秀成计策，先攻张国梁左军，张国梁引兵迎战。此时赖文鸿却引兵反攻清军右路，国梁左军奋起直追，右军也出兵夹击。正喊杀间，秀成却令陈其芒引兵，攻张国梁左路。此时张国梁正在中军，只注意李秀成一路兵马，哪里想到陈其芒会来攻打自己左军，被陈其芒如此一击，队伍顿时散乱。张国梁仍拼死坚持，指望和春可以相应，不料和春一军也已经被李世贤困住。恰在此时，后军大乱，原来是张英依计行事，带领一队清军士兵反向张国梁中营打来。张国梁措手不及，赖文鸿和陈其芒又扑到阵前，万枪齐发，清军死伤无数，张国梁料到抵挡不过，只得向东北逃去，李秀成引军追击。当时张国梁身边只剩数十人，拼命逃跑，忽见前面有一河隔断去路，水势滔滔，正是

中国历代通俗演义故事

丹阳河张国梁自尽

丹阳河。张国梁见秀成追兵已离不多远,坐下马也已受伤,料不能过河,不禁两眼垂泪,随即下马,翻身跃入河中。李秀成赶到后,张国梁随从三十余人,纷纷投降,并把张国梁投河情景向秀成详细叙述了一番,秀成听后叹息不已,当即命人将张国梁尸身捞上岸来,葬于丹阳城外。

秀成全军大胜,张英等数十人也都被封赏。李世贤仍与和春相持不下,李世贤令部将刘官芳领兵袭击和春后路,一并进攻丹阳。丹阳守兵不多,且城内百姓都心向李秀成,于是趁清兵不备打开城门,迎刘官芳入城。那和春正督兵奋战,忽然听说张国梁大败,刘官芳也已经攻入丹阳城中。和春知大势已去,便想退兵。谁知刘官芳又从城内杀出,李世贤也率军阻断前路,以致和春腹背受敌,大败,向苏州逃走。和、张两军向来抢掠百姓,因此,苏州人民视他们如仇敌一般。和春见民心如此,心想要在苏州招募兵马已不可能了,又想到张国梁也已经死了,一败至此再也没脸见人,于是悬梁自尽。

李世贤自从丹阳大捷后,顺流而下,轻而易举得了苏州、常州二府,李秀成非常欢喜,于是请命与李世贤一同北征。洪秀全本已有了应允之意,谁知洪仁达只知道揽权夺势,见秀成建此大功,便心生妒忌,于是百般阻挠。洪秀全左右为难,一时也决定不下来,于是暂且休兵,再商议进取之事。

第二十八回
陈玉成大战蕲水城
李秀成义释赵景贤

话说李秀成攻下杭州之时，曾国藩已经调派赵景贤驻守宁国，随后又令提督周天受领兵五千一同前去。李秀成凯旋之后，想宁国乃兵家必争之地，不容轻视，于是令部将古隆贤、吴汝孝、陈士章一起攻打宁国府城。却说清将赵景贤率本部人马在城外屯扎，周天受驻守城内，内外相应。古隆贤于是请吴汝孝、陈士章合攻赵景贤，自己则率兵攻城。那赵景贤寡不敌众，又被太平军截击，不能进城，几番混战下来，大败逃走。自此，周天受独守宁国，奋力抵抗太平军。古隆贤等三路大军将宁国围得跟个铁桶似的，水泄不通。十天下来，周天受见没有外应，而存粮将尽，便于夜里率兵士三千人，突开城门，直冲太平军。不料古隆贤等人早已有所提防，见周天受从城中杀出，便枪声齐响，周天受身中数十弹，立时毙命。古隆贤随即攻城，城内守兵见粮食匮乏，料想守也守不住，便开城投降。古隆贤率兵直进宁国府城，一面令人运米前来接济，一面将战况报知金陵，李秀成于是令古隆贤驻守宁国。

宁国刚刚平定，忽报清将鲍超、陈大富两军，会同副将贝廷芳,三路直攻建德。李秀成道:"建德为安庆下游保障,建德一旦失守,必然会危及安庆。"于是领兵往建德而来。那时太平军将领林天福在建德把守,城中兵有八千人,而鲍超等三路大军,不下两万余人。林天福不敢出战,只是关城等待救兵。秀成到宁国后,恰逢李世贤听说建德有难,也与秀成同时赶到。李世贤先攻贝廷芳一军,贝廷芳猝不及防,被炮弹击中,一命呜呼,贝廷芳部下见主将已亡,大半都投降了。此时,李秀成大军也已赶到,鲍超见两面受敌,于是和陈大富逃回湖口了。秀成于是令古隆贤守建德,自己引兵回金陵。

且说陈玉成得知捻党龚德树聚众十余万,便写信与秀成商议,希望与捻党联合,将来伺机北上。李秀成也表示同意,令李昭寿联络捻党首领张洛行,约定举兵之事。陈玉成也和龚德树合兵六万,乘势南下,很快便攻下了庐州。不久探得清副将成大吉,驻守松子关。陈玉成想松子关为安庆要道,若破了松子关,以后军事上也方便一些。于是以龚德树为前部,直攻成大吉一军。那成大吉虽然死命抵抗,但怎抵得过陈玉成之众,不久大败而逃。时曾国藩一军,正欲收复安庆,彭玉麟、杨载福、塔齐布及李孟群、李续宜五路兵马往安庆而来。此时李孟群、塔齐布先后赶到。陈玉成听说此事,对左右道:"曾国藩兵分五路进攻安庆,若五路军马一起赶到,我军必不是敌手。如今他们到此或先或后,我军可逐一击破。"于是和龚德树分军而出:龚德树破了李孟群,陈玉成破了塔齐布。塔、李两军退后,李续宜才率军赶到,又听得杨载福、彭玉麟两路水师,也被林启荣截击,李续宜想此地不能久留,正要退军，忽陈玉成与龚德树大军赶来，李续宜哪里敌得过，狼狈逃走。玉成对龚德树说道："李续宜是敌军有名的健将，若能除去李续宜，敌人损失不小。"龚德树也很赞同。忽然探得李续宜已退至蕲水，与刘坤一军会合，陈玉成大队于是奔蕲水而来。李续宜听得，与刘坤一商议道："我军溃败，方寸已乱，不知您有何良策。"刘坤一极力主张出城迎敌。李续宜道："我军败后，军心如惊弓之鸟，现在又寡不敌众，恐怕会全军覆没啊。"刘坤一道："这话虽有道理，但今湖北境内，除胡林翼外再无能人，今若被敌军乘虚而入，恐怕湖北全境都要失守啊。"李续宜犹豫不定，只得派人去向胡林翼求援，一面坚守城池。

陈玉成到后，昼夜攻城，却仍未能攻陷蕲水，便与龚德树分兵夹击。不料龚德树冲杀之时，被子弹打中头部，顿时气绝身亡，军中混乱起来。刘坤一乘势杀出，当时陈玉成部将陈得风正攻东门，见龚德树军中大乱，料到一定有何变故，便引军前来。见龚德树已死，便直攻清军，刘坤一敌不过，望西而逃。李续宜听得刘坤一败走，自知孤军难守，正要逃出，不料北门已被攻陷，李续宜只得拼死逃出。自此，原被清军收复之地，又被玉成攻陷，声威大震。

曾国藩收到消息后大为忧虑，于是召集诸将，计划先取九江。部将杨沛道："属下虽然不才，但对九江地形颇为了解，愿带本部人马，去攻九江。"曾国藩道："九江守将林启荣非等闲之辈，满腹经略，且极得人心，不可轻视。"于是令曾国葆相助，直往九江进发。林启荣听说此事，对部将道："杨沛夸下海口,志在必胜,骄兵必败,我自有计破之。"于是便写书通知黄文金,令他在大冶、兴国、金湖等清兵必经之地,都只派少数人马驻守。杨沛兵到,不必迎战,只溃败而逃,另外命人在九江城外埋伏地雷。

果然杨沛所过之处,太平军纷纷逃散,清军势如破竹。杨沛以为九江唾手可得,挥军直进。曾国葆谏道:"洪秀全自起兵以来,其手下将士皆勇猛善战,如今太平兵马望风披靡,恐有奸计。"那杨沛哪里听得进去,到了九江,曾国葆又谏道:"林启荣精悍好斗,如今我大军到此,他不战反退,很是可疑。"杨沛听后,这才醒悟。怎奈为时已晚,林启荣见杨沛已追近九江,于是启动机关,所埋地雷顿时爆炸,杨沛军士血肉横飞,损伤大半。幸亏曾国藩派水师来助,才得相救。

杨沛败后,曾国藩大为气愤,想到数年来,攻打九江大战小战数十次,都被林启荣挫败,便想合各将之力,全力攻打九江。李秀成当时正在金陵,听说消息后,向洪秀全奏道:"林启荣坐镇九江多年,大小数十次胜仗,真是难得的良将。不过林启荣虽智勇双全,然而敌一将容易,敌数将则很困难。如果要巩固九江,一定要先扫清九江附近的清兵才行,臣愿出征为九江扫清忧患。"洪秀全允诺。李秀成便领了人马,由金陵西行。令陈得风与赖汉英,先赶赴石埭,自己率领大军直奔铜陵。

李元度、赵景贤、周凤山等把守铜陵一带,听得李秀成大军已过芜湖,便商议抗敌之策。赵景贤竭力主张固守城池,请曾国藩发救兵,然后迎敌,并说道:"李秀成为敌军劲将,此来领兵数万，我军恐怕不是对手。若勉强出战，一旦失利，则皖南一带都会被敌人占据，那样大局就很危险了。"李元度听了却不以为然，他认为自己向来受曾国藩器重，所以瞧不起赵景贤，极力要出战，并道："向荣败死，张国梁、和春、王有龄也相继败死，我国军威大挫。如今陈玉成领兵到处驰骋，视我国如无人一般。这次如再不出战，敌人的气焰就更加嚣张了。屡败之后，此时正应重振我军威，我以三路之兵，若不能敌李秀成一路，那我等真是太没用了。"李元度说罢，又问周凤山意见。那周凤山是个武将，当然没有不想战的理。李元度于是不听赵景贤之言，令周凤山在左，赵景贤在右，自己居中，共为三路，计一万五六千人，离铜陵十五里下寨，专门等待与秀成交锋。赵景贤又谏道："留下空城、出外扎营，是兵家大忌。以前沈葆桢守南康时，将军曾写信给沈葆桢：不要空城出屯！因此南康最终得以保全。今日怎么却忘了呢？当初沈葆桢与黄文金交战，尚且不敢出城扎营，如今敌军势力更强，怎么能弃城不守呢？将军如果一定要出战的话，我愿守铜陵。"李元度道："将军真是顽固不化，军法随机应变，此一时，彼一时也。那时只有南康沈葆桢一军，因此不宜出战；今我军三路之众，当然不宜困守城中。若将军守城池，则前军又少一路兵力，前军若败，城池又怎能保全？"赵景贤无可奈何，只得一同出城。早有探马飞报，李秀成已攻陷了繁昌、南陵，今乘势直奔铜陵而来。李元度听得，忙下令部署队伍，等秀成到时，以逸待劳，立刻接战。

此令刚下，李秀成前部已到。原来李秀成深知兵法，沿途虽声势浩大,但却缓缓而行,使士兵不至于过度疲劳。到了铜陵,不等清兵来攻,先已开战。秀成下令道:"我军众,敌军寡。我军宜混战,敌军则宜用奇兵。如今清兵驻于平原,是自取失败。"说罢,亲自擂鼓,大军齐进。秀成军队人马众多,且军士都能征善战,战至中午,李元度抵挡不住,大败而退。周凤山一军望石埭奔来,想要与守将王珍合兵,不想赖汉英、陈得风两路人马,早已攻下石埭,王珍也死于乱军之中。周凤山只得带领残兵败将,到池州暂驻。赵景贤见形势不妙,又怕铜陵有失,于是回城死守。李秀成早料到敌军必有一路人马会回守铜陵,因此选出数百人,都脱去军装,乘势混入城中。并令陈其芒率本部人马,先追李元度,断铜陵救应,自己则率军专攻铜陵。

话说赵景贤在城中,知秀成必来攻城,只得鼓励军士死守,并传令道:"铜陵城池虽小,但却是皖南要塞,此处若失,则皖南全境都将不保。所幸粮食还够,不用担心粮绝。况且李元度、周凤山,必然会搬取救兵,望大家努力守御,赵某绝不会辜负诸位!"正说话间,忽然城外呼声震天,李秀成已率大队人马前来攻城。赵景贤随即指挥人马防守,恰在此时,北门火起,赵景贤大惊,恐城内有敌人内应,急传令不要救火,先捉拿奸细。李秀成乘其守备暂时松缓,便令人将城池炸陷数十丈,于是大军一同涌入城中。赵景贤自知不敌,于是率领亲兵,往西门而逃。谁知李秀成早将人马遍布四门,故赵景贤奔至西门时,已被太平军大队人马拦住,赵景贤于是调转方向,往北门而逃,又被一路人马拦住去路,为首大将正是李秀成。赵景贤见走投无路，正欲拔剑自刎，李秀成已率人马上前，将赵景贤拿下。

秀成令士兵扑灭城内余火，并安抚百姓，赈济灾民。诸事办妥之后，请赵景贤到帐中相见。秀成下阶相迎，赵景贤道："败军之将，何劳优待？"秀成道："胜败乃兵家常事，弟仰慕将军大名已久！"说罢力劝赵景贤投降。赵景贤道："弟早就知道忠王大名，今日有幸一见。当日李元度如果肯听我的，一面紧守铜陵城，一面以一军为城外犄角，来等待曾国藩救兵，也不致于此。今既然被捕，只希望一死！赵某并不是不肯与忠王共事，但忠臣不事二主。怕死而苟且保命的事，我绝不能做。"李秀成听得此言，大为叹服。并道："君既然不肯归降，我就放足下回国吧！"于是下令布置酒席款待赵景贤，第二日便送赵景贤回营了。

赵景贤回营之后，将兵败原因和自己被放经过，都向曾国藩细述一遍。曾国藩听后沉默不语，只令赵景贤先休息。赵景贤退去之后，曾国藩与部下计议道："我数员大将都败在李秀成之手，此仇不可不报！"部将彭玉麟道："秀成此来，声势浩大，就是来求战的，我军若出战，正中敌人下怀，目前还是夺取九江要紧。"曾国藩道："我也知九江重要，可是林启荣善于守城，多次打败我军，实在难以攻下。"塔齐布进言道："量林启荣也没有三头六臂，以小将所见：明攻不如暗袭。我愿领本部人马，攻打九江。倘若不胜，愿受军令处罚。"曾国藩道："望将军早报捷音，我会选一员上将，助将军同去。"说罢便令部将杨载福，领水师渡至湖口；又令部将吴坤修，引本部人马,往九江而来。

　　林启荣是个精细的人,处理事情常常小心布局,无懈可击。一日,接到报信:清提督塔齐布率领人马向九江奔来。林启荣心中暗想:"果然不出我所料!清军重视九江,这一次却派塔齐布一军前来,一定是打算偷袭。"于是命令军士伪装起来,防止塔齐布知道城内有兵把守。等待塔军将要接近时,便出其不意进行攻打,又令部将在塔军的来路左右设下了埋伏。

第二十九回
曾国藩会兴五路兵
林启荣尽节九江府

话说林启荣迎战清提督塔齐布，一切布局妥当。塔齐布正带领人马奔向九江，结果发现自己中计。当快要攻进城时，遭到了城内埋伏的守军攻击，塔齐布身上中了两颗弹子，看到形势不妙，只得领兵向东逃跑。哪料到守军奋勇杀来，塔军大败。塔齐布暗自思量："我将死于此地啊！即使还能逃生，哪还有什么面目见人啊？"吴坤修劝道："大将军，您可是维系着整个军队的性命，将军如果死了，全军都会覆灭啊！"塔齐布深得大义，只得忍耐伤口逃跑。这一战真是直杀得尸横遍野，血流成河。塔齐布军中万余人，如今只剩得了四五千人。这对塔齐布来说，无疑是对精神上致命的一击，不久便咳血身亡。只是可怜塔齐布，英勇善战，从军这么多年，为清廷效力，著有赫赫战功啊！

曾国藩得到塔齐布已死的消息，拍案大怒，发誓一定要收复九江，为塔齐布报仇！清朝廷此时意识到九江形势极其严峻，于是责令曾国藩、官文、胡林翼夺取九江。升曾国藩为两江总督，并加钦差大臣，管理江苏、安徽、浙江、江西四省军务。曾国藩自从上任两江总督以来，收复九江一直是他的心头大事,便召集部下商议如何夺取九江。胡林翼道:"我有一计,以我军现在的情况,如果对付林启荣,大概需要十万人马。但是,如果我们攻打金陵,就会有新的转机。洪秀全一直以金陵为生存根本,不思进取,一旦听说金陵有危险,一定会调李秀成回南京。而我却故意牵制李秀成,他便一定照顾不到九江。此时,我们全力攻打林启荣,一定会成功!"曾国藩、官文听后,都鼓掌叫好!于是进行周密准备。曾国藩分军五路:第一路是官文,率众由金湖进发。第二路是胡林翼,率众由广济进发;第三路是李续宜,率众由黄梅行进;第四路是水师,沿长江前进;曾国藩为第五路,由江西直攻九江。五路大兵合计十余万人马,水陆并进,等待进攻金陵后取胜的消息,然后向九江进发。

此时,已经有消息报入李秀成军中。李秀成沉思片刻,拍案叫道:"清军此行不过是声东击西的小计谋!"当着众人的面,识破了曾国藩的计策。话未说完,又接到金陵告急军报:清军攻取金陵,洪秀全唯恐金陵失守,特催李秀成回去防守。秀成知道金陵必无大事,决意不撤回军队。不料洪秀全一再催促,秀成叹道:"如果我回金陵,必中敌计啊!"因此心中极其焦躁,只得将所识破的清军计谋一一详述,用奏折上递洪秀全,言辞恳切、真挚。洪秀全看过奏折仍放心不下,于是与各位大臣商议。洪仁达道:"李秀成部下数万人,又是五军主将,百万大军都在他的掌控之下,兵权过重。如果有不轨的意图,谁能制止得住?"成天豫道:"忠王向来鞠躬尽瘁,这次不回军,一定有深谋,我等应该顾全大局,大王不必多虑。"两种意见相持不下。洪秀全听后也犹豫不决，暂且不谈。不想十多日后，清军已会合人马，号称十余万大军，攻打金陵。天京得了消息，大为震动。成天豫等将立刻分布人马，分道守御，布置妥当，本以为可以让洪秀全放心，不必召回李秀成。不料又有报：清廷购借新式洋枪，任用新任江苏巡抚李鸿章，会合各路进攻苏常一带，特来告急。洪秀全听得，又大吃一惊。那洪仁达更认为金陵危险，李秀成拥有重兵，非调秀成回京不可！洪秀全也有此担心，一连数日，连发几道敕诏，催李秀成回军；最后一诏更为严厉，道出李秀成拥据重兵，怎能坐视天京不救！秀成无可奈何，只得返回南京。

且说曾国藩会合五路大兵，为攻取九江而设下计谋，已经探得李秀成全军回到金陵，于是与各路人马水陆并进，沿长江而下。此时，九江太平守将林启荣也得到消息，知道此次战事的利害，即刻商议应敌之计，对左右将领道："清兵前来，大军十余万，是以全国大军与我们决一死战啊！各位不辜负我，我也一定不辜负众望！"左右听得都很感动。正说话间，报敌兵已到。曾国藩从南路攻来，官文从西路攻来，胡林翼、李续宜从北路攻来，并会同水师夹攻，声势浩大！林启荣听了，令九江水师，坚守濠道，不进行远攻；令陆军以火器作战，每六十人为一队，以二十人持火器，以二十人施放排枪，以二十人司放巨炮，以对付清军的洋式枪炮。林启荣与各位将领衣不解带，手不离旗，指挥各路人马抵御，当时是三月二十九日，天空中下着微微细雨，到了中午，清兵各路死伤者共八千余人，仍然攻不下九江要害的地点。次日，曾国藩等人因为昨日的失败而异常激愤,进攻势头更加猛烈。林启荣在城上指挥军士,远处的敌军用炮攻,近处的敌军用枪击,又传令将火器掷下,清兵多葬身在火坑中,死去七千余人,曾国藩只得传令退军。

曾国藩为此大为忧虑,于是写慰劳书,安慰各位将士,以稳定军心。不料又持续攻打两月,清军始终不能攻下九江,清兵攻势猛烈,则林启荣也抵御猛烈;清兵进攻缓慢,林启荣也缓慢抵御。

原来林启荣在九江城的百姓心中是有很高威望的。自从他镇守九江以来,与地方的缙绅交往,从来不计较尊卑地位;与当地的平民百姓交往,如同一家人一样亲切。多年来,他设立了学堂、保婴局、立义仓、立善堂等多处慈善机构,百姓对他的义举都很心悦诚服。林启荣又很善于用人,与部下都用兄弟相称,与士卒也同甘共苦。每次打起仗来,战士都愿意为他舍生忘死,勇猛无敌。清军将领对林启荣的为人和带兵的谋略也有所了解,连曾国藩都尊称林启荣为林先生,可见是非常的景仰。

这一次曾国藩前来攻打九江,前后多次战争,清军损伤了二万余人。哪里料到林启荣筹备得这么精细,使得九江迟迟攻打不下来。曾国藩心中着急,又与众将商议。李续宜道:"我们现在攻克不下,结果又被围困,还有一个办法,就是挑选敢冒死的军士,编成一支军队与林启荣决一死战!"曾国藩思来想去,也没有更好的办法,只得招募军中敢死的将士二千人,分成四队,每队里分配五百人,这些人用身体炸开城墙。愿做这件事的人，死后发放二百恤银；受伤的人发放五十银；不死不伤者，每人发放十两恤银，以资鼓励。这道命令一下，大约二日以后，便募得了二千余人，准备开始行动，大军在后面尾随。

林启荣发现清兵三日没有出兵，料定其中一定有阴谋，急忙下令军士小心防备。第二日果然见清兵前队人数不多，分成四路前来，大军在后路跟随。林启荣发现不妙，立即下令军中：一定要阻止敌兵前队靠近城墙，见到火器，要迅速扔火焚烧。军士接到命令，果然看见清兵前队志在焚城。幸好林启荣平日训练的军士有自己的好方法，抛掷火器，都能达到很远的地方。在这场火战中：两军的烟火熏天，喊声动地。清兵前队各五百人，多被林军烧毙，尸骸遍地。这次战斗共持续了八小时，双方才开始收军。林启荣知道清军损伤惨重，本军也死伤二千余人，但是想到自己在城内，死一千，便少一千，急忙飞报各处太平军人马请求救兵。洪秀全却不肯放李秀成离开金陵。李秀成只得飞报黄文金，速速救援九江。

清军这次失败后，又施一计，三军步步为营，节节而进，一面攻城，一面挖掘地道，打算用炸药开路。于是，清军每日必派出人马攻城，巩固前阵，伪装进攻，给自己争取挖地道的时间。林启荣在城楼上观望，看出了敌人的预谋，非常郁闷，突然心生一计：急令三军也从城内向城外挖掘地道，在地道中排满铁板、垒上巨石，阻挡清兵地道之策。可是清军人马众多，自前几次失败后，又增加数十万的兵力，天天鼓励军队，清军的士气非常高涨。面对这种紧急情况，林启荣召集各路将领道:"现在清兵数十万人攻打九江,如果援兵赶不到,我誓与九江城共存亡。但我实在不忍心看到各位有祸,各自谋生另立功名吧!"各人听了无不落泪,都道:"我们绝不会离开将军。如果九江失守,我们也不怕一死!"说后大哭,林启荣也痛哭失声。

第三十回
龙虎战大破陈玉成
官胡兵会收武昌府

话说林启荣下令从城内开掘地道来抵挡清军的地道计谋。自从攻围九江以来，清军死伤接近四万人，但不断有增兵救援，竟然开始从九江东南西北四面开掘，使林启荣防不胜防，阻挡得相当困难。此时的九江城，城内守兵已经逐渐稀少；困死受伤的人也有几千人，生病者不计其数，药品奇缺。林启荣于心不忍，意图自尽，放军民出城。但一切军民，万众一心，都不愿见林启荣自尽，准备克服万难，积极应敌，等待救兵的到来，无奈救兵迟迟不到。六月初七，曾国藩继续带兵齐进。林军在城上一齐发枪抵御。清兵死在城下的人，又如山积，官文士兵踏尸前进，到处放火，乘势冲杀，此时只能听到喊杀的声音，看到遍街的尸体。而林启荣见大势已去，先行自尽，他的部将李兴隆、元戒、张辉等二十余人，一直奋力抵抗，直至九江失陷。

想来林启荣本是翼王石达开的部将，所向无敌。自从坚守九江之后，数年间杀敌不计其数。当时有人感叹他令敌人敬畏到这种程度，用诗赞道：

智勇真无匹，将军本绝伦。

奇才摧大敌，遭爱及斯民。
身与城俱碎，心同石不磷。
古今谁似汝？唯有一张巡！

林启荣已死，当时清军杀入城中，竟然没有一个人降服，都在奋力抵抗。曾国藩立即下令停止战斗，知道太平军兵马是杀不尽的，城中的百姓，愿意留下的就留在城内，不愿留的可以自谋出路。于是城内军民，都各自带细软出城逃走。至此，太平军兵马死去万余人，城内居民死去八九千人。清兵前后死伤直逾五六万，真可谓一场恶战，是历来破城都不曾发生过的。

消息报到了金陵，听得九江失守，林启荣阵亡，君臣失色！李秀成道："以前能阻挡敌人兵力，是因为我们镇守着咽喉九江，现在九江失守，以后清兵往来更容易了！"说罢大哭，洪秀全低头不语，左右人等都劝慰秀成。洪秀全于是问道："那么现在该如何谋划呢？"李秀成答道："以后武昌、安庆，更加危急！"洪秀全道："朕信任你，就任由你策划吧。"李秀成退出后，叹道："天王不听我的话，九江失守。如果我不回天京，九江未必能失守啊！"只得一面料理金陵军务，一面派人重守赣、浙二省，又书信给陈玉成：先进攻湖北，然后再商量下一步对策。

且说英王陈玉成大军，由皖进入鄂，一共大军四万余人，据守在麻城。忽然得到安庆守将飞报，知道九江被陷，大惊。紧接着又收到报信：清军多隆阿、鲍超忽然移兵东下安庆，胡林翼派兵来攻麻城。原来胡林翼探得陈玉成在麻城，而其家小都在安庆，便以为多、鲍二军东下之后，陈玉成一定返回救安庆。结果，陈玉成洞悉胡林翼之意，便下令先破胡林翼，结果大获全胜。多、鲍两军看见没有牵制得住陈玉成，于是，率领清兵，不下四五万人，一路而来，抵达到了太湖，两军相隔，仅三十余里。陈玉成得知清军此次来袭击，一定先争宿松，便早已派人先去占据那里。这时得到忠王李秀成的号令，由桐城特来助战。原来，李秀成担心英王再次孤军作战，重复九江的情况，英王陈玉成得此消息大喜道："忠王这次西来，皖省无忧了！"

正是十二月将尽，天气寒冷，陈玉成觉得用不了几日，就可击退清军，于是向鲍超下书：约定十二月二十八日开战，鲍超答复将如期应战。陈玉成见鲍超按期答复，心中大喜。次日便是二十八日，双方军队相距不过十余里。陈玉成只派三军坚守营门，下令只要见到红旗高举，所有人马便冲杀出去；如果红旗退后，我们便快速退兵。鲍超将部下分为三路：鲍超率将为中路，势如长蛇，两面鲍字锦旗，随风招展，向陈玉成一军猛击……

另一面，林绍璋、涂镇兴两军一起攻打多隆阿，看到多军都移到山边，没有占据有利地形，多军失了地势，死伤惨重，二将认为自己大胜，便一面把战事报给陈玉成，一面派数万人马夹截多隆阿军，使得多军三面受敌。自黎明至上午时分，多军已经损伤了三千多人。多隆阿本人也身受重伤，无奈队伍已经乱了阵脚，丧失了战斗力，渐渐败退。此刻的多隆阿已经愤怒得不知所措，忽然来报：鲍军大胜！

原来陈玉成平日行军,常常诈败,用扔金钱的方法诱惑敌人,使敌人只顾抢取金钱,不顾战事,然后派军攻打。偏是对付鲍超,这种方法却没有用。因为鲍超所率领的霆军,每胜一仗,每得一城,必纵容士兵抢人抢财,因此霆军部下,以为一旦打了胜仗,便金银珠宝,无所不有。所以陈玉成军中所掷金钱,霆军并不上心。

陈玉成看到霆军来了,先不发兵,过了一会才将红旗一举,于是三军齐出,大战了一个时辰,陈玉成又将红旗按下,号令三军齐退。退时把金钱沿途抛掷,只想着等霆军抢取时,便回军攻击。不料霆军并不争取财物,却乘势追赶,后路以为胜利了,也一同猛进。正是这个消息报到了多隆阿军中,多隆阿即下令道:"我军与霆军,势力相当,只有我军失败了,何以见人!"多军将士心想也是,一来想要与霆军争功;二来看见那一军已胜,更是加倍奋勇,太平军无不感到惊吓!一时间数万支枪炮连珠发响,弹子如雨而下,太平兵死伤极多!太平军各路人马只得会合相互营救,协助撤退,一路打听陈玉成的消息。

陈玉成见敌人不中计,急忙下令回军迎战,却见鲍军势如潮涌,枪声乱鸣,陈玉成也更加猛烈进攻,打算冲击鲍超中军,并下令:进攻勇猛的人得赏,后退的人斩首。一时旗鼓声乱作一团,两军混战,喊杀声连天,不料,陈玉成接连接到其余各路太平军纷纷大败的消息,心胆俱裂,此时,多隆阿一军又赶来支援清军,自己四面受敌,如何抵挡?正在此时,太平将陈仕章赶来接应,他作战前奉了陈玉成之令,去宿松争战。

结果到宿松时发现那里已经被清兵占据，只得带兵撤回，在远地听见喊声大起，知道两军交战，虽然不知道谁胜谁负，却一路攻打清军，恰巧遇到陈玉成，乘此机会将陈玉成救出，向潜山逃去。后面多隆阿、鲍超、李续宜，分三大路追击。整个场面真是尸横遍野，血流成河。

陈玉成等人正在仓皇逃跑之际，忽报李秀成人马已近潜山，先遣前部首将赖文鸿已经领兵向西南赶来。陈玉成军中听到此消息，人心稍微安定了些。经此一战，陈玉成感慨良多，认为自己小看了清军！待李秀成来到，先向李秀成道："我还有什么面目再见忠王！如果忠王早到两天，我军不至于失败啊！"李秀成随即安慰说："胜败是兵家常事，现在九江被陷，英王又败，真是元气大伤啊。"陈玉成道："我生平从未失败到这种地步，此仇一定要报！"说罢向李秀成陈述了兵败的原因。李秀成道："仇一定要报，但现在不是时机，清军现在军心振奋，必然乘胜追击，曾国藩自从收复九江之后，已经对安庆虎视眈眈。我军现在疲惫，力量虚弱，当务之急是招募义勇兵力，准备再战。"陈玉成认为非常有道理，于是令洪容海去广西招募义勇兵。

且说此时清军军声振奋，决意要收复武昌。胡林翼已派李孟群、曾国葆为前部，攻打武昌。武昌现在由太平军谭绍洸把守，接到消息，他一面布置战局，一面派人向李秀成报信，已经接到清兵开始攻城的信号，南门一路，最为猛烈。谭绍洸派人分头抵御，但是力量渐渐薄弱。谭绍洸见形势危急，急切盼望附近的太平义勇军前来救援，一面又催促秦日纲渡河攻袭汉阳,一面做撤退的打算。结果,汉阳已经被清兵攻袭,派重兵守在城中和城外,秦日纲受到阻困,只得引军回武昌驻守,本打算由北门返回武昌城,正好与乘势杀出的谭绍洸相遇。此时,东门已经失守,驻守东门的冯文炳身负重伤。忽然霹雳一声,震动天地,南门方向传来巨响,南墙陷了百丈,沙土飞扬,重兵进攻南门的清兵死伤不计其数。

第三十一回
救九江曾国荃出山
战三河李续宾殒命

原来清军数路人马一起攻打武昌南门,忽然城墙塌陷了百余丈,清兵多数死伤。南门守将晏仲武知道南门恐怕难保,便在城墙下埋伏了药线,当清兵攻城时,药线爆炸,霎时瓦石飞腾,清兵被炸得尸首不全,血肉横飞,真是一场惨祸!清军胡林翼大怒,立即率兵加紧攻打。清军乘机放火,大火燃起,烧得漫天通红,城内的将士互相冲突,冯文炳受重伤而死。谭绍洸此时已经由北门迅速出逃,忽然清军舒保一军攻破西门,要活捉西门守将洪春魁。此时的太平军人马,已经军心大乱,各自逃窜。晏仲武看到大势已去,仰天长叹:"我虽然不能生,但无奈国家前途未定,死不足惜啊!"说罢拔剑自刎而死。从此武昌城内已没有太平军将官,清军胡林翼下令停止厮杀,并扑灭余火,一面上传捷报。

且说自从逃出武昌,谭绍洸与秦日纲等一同奔向安庆,途中正遇韦志俊回来,于是共同商议该如何是好?大家意识到,如果都集中人马去安庆,恐怕湖北全境都有危险。不如就近选择地区驻守,秦日纲暂驻金湖,其余人马一起奔往兴国州,与义勇军联合;韦志俊去潜山,将武昌失守的消息,报

太平天国演义

守城门埋药线

告给李秀成。当时,李秀成接得武昌急报,正在烦恼,忽见韦志俊匆忙奔回,并将武昌如何失守,各路将领的去向从头至尾说了一遍。李秀成听后沉思道:"九江被陷之后,武昌必定难守,无关大局。清兵已经临近安庆,这才是真正的隐忧啊!"于是,将武昌各路人马,奖罚分明,布置妥当。又道:"以目前的形势,下一战该是与曾国藩交锋的时候了!我们大军南下,争夺九江!"于是部署各路人马接应的接应,助战的助战,确保沿途万无一失。大军一路浩浩荡荡,旌旗遍野,枪械如林,向南进发。

早有消息报到曾国藩军中。国藩与各路将领商议道:"我们正要进军安庆,不料李秀成以大军先争九江,这是要先发制人啊!一定是李秀成没有忘记九江之仇!"彭玉麟道:"恐怕九江城很难坚守,不如等太平军渡江渡到一半的时候,在江中央攻打。"杨载福道:"敌人一定分军渡江,我们在哪里抵御?李秀成这次来攻,志在必胜,军势浩大,如果与他交兵,胜负难定啊。不如报信湖北,请官、胡二人调鲍超一军,潜入李秀成的后军,如果得胜,便不渡江。"曾国藩道:"二公的说法,各有道理。但假设李秀成真的能渡江与我决战,又该怎么办?"部将周凤山道:"兵来将挡,水来土掩,九江也不是不可一战。李秀成远来疲惫,我们可以分为十数路军迎战,使他们接应不来。用大军断他的后路,如果数十路大军中胜负有一半,我们便可获得胜利了。"曾国藩听从了这些计策,一一部署。

曾国藩布局已定,李秀成探得曾国藩重防九江,大喜道:

"我们此次必得成功啊!"针对清军部署,一一调兵给以应对。特令陈玉成假装作南下之势,自己率领大军,风驰电掣而下,直渡彭泽,向安庆进发。此时,曾国藩听到彭泽告急,大惊道:"李秀成扬言要攻九江,事实不是这样啊!我中计了!"但此时部署已定,移兵已经迟了。于是,留周大培带一部分人马驻守九江,其余人马都移至湖口,准备应敌。此刻,探马飞报太平将英王陈玉成,又得大兵数万,已经离开潜山,直奔宿松,要与鲍超决战。本来,鲍超应被派来支援曾国藩,结果遇到陈玉成的攻击,使他不能前来。曾国藩觉得少了鲍超一军,九江更加危险了,于是又派遣赵景贤留守九江一地。

曾国藩一向知道李秀成用兵向来算计没有差错,知道自己不是对手。此时已报李秀成大军已到,一路过关斩将,直捣曾国藩。曾国藩听到前军失利,已经提前派兵接应。忽探马来报:太平军将士赖文鸿等共五路人马,每路约四五千人,已一齐攻到。曾国藩大惊道:"赖文鸿是李秀成的先锋,现在已经到了这里,看来之前部署的前军都已经失败了。事已如此,只有号令诸将准备迎敌。"不想军士个个都像惊弓之鸟,一听军令,只是勉强接战。赖文鸿率军乘胜威猛,人人奋勇,清军根本抵挡不过!曾国藩令清军分兵四路,以中军副将周天孚抵挡赖文鸿,自己率人马为各路声援。赖文鸿在李秀成的军中枪法最著名,百无虚发。周天孚赶到时,早被赖文鸿观察准确,枪声响处,周天孚落马而死。于是赖文鸿乘势猛扑,直冲敌阵,如入无人之境。清军其余人马看到周天孚全军溃败,都大惊失色。等到曾国藩调军前来救助时,各路人马也已经全军覆没,四处逃窜。曾国藩看到大事不妙,只得先自逃走,各路将领也随后撤退。李秀成见状,号令三军:一齐追赶,捉到曾国藩的人,赏银五万,位列公侯。

诸将一听这个命令,更是奋勇杀敌。赖文鸿首先率兵冲进清军中来,要寻找曾国藩,当时漫山遍野,已经都是太平兵马,清兵除去投降的人免死,其余都纷纷乱窜,只听得到处都是清兵呼天叫地的声音。赖文鸿一军,仍旧一路继续追赶,远远的终于望见了曾国藩的旗号。此时,曾国藩正是人困马乏,听到后面追兵喊声越来越近,不觉叹道:"莫非我要死于此地了!"正说话间,看见周凤山率领少数败残人马赶到,护着曾国藩逃走。正逃走间,忽见前头尘土大起,有一队人马奔来,截住了去路,正是太平军大将黄文金。曾国藩见了,魂飞魄散。正在急迫之时,张运兰赶到,救曾国藩从水上兵船逃生。不多时,李秀成大军来到,双方大杀一阵,清兵已经所剩无几,各路将领都夺路而逃,唯独不见了曾国藩,这才知道曾国藩从水师逃命。李秀成见继续厮杀已经没有益处,于是传令收军。

总计这一场战事,李秀成大获全胜,各将领都请求想借着胜利进兵九江。李秀成却道:"现在的九江,和以往的情况已经大有不同了。以前我们固守九江是为了阻挡清兵的往来。今日如果得了,明日有可能就会失去,只能白白地损耗军威!我们现在的重点是以北伐为主,现在曾国藩大败,湖北的诸将很可能会前往安徽,我们应该速速回军皖省。"之后,稍作部署,将捷报传至金陵,于是引领大队返回安徽境界。

且说曾国藩经过这次大败,气愤不已,一面派人马回驻九江,一面又将兵败幸免的情况,写信报给家乡。家乡曾国藩还有两个弟弟:一为曾国演,表字澄侯;一为曾国荃,表字沅甫。曾国荃,总是不能忍耐,一直在寻找机会带兵打仗,建功立业。恰巧接到曾国藩函报,于是立即上报湖南巡抚骆秉章,在家乡招集乡兵二千名,直向江西九江而来。自此曾国荃一出,太平天国又多一劲敌。

闲话不说,果然如李秀成所料,经过这场败仗,清军一面招募军队,恢复元气,一面派大军三万余人,向安徽进军,攻打安庆。首军是清国大将李巡抚李续宾,李秀成急忙派出陈玉成迎战,不料两路军马在三河相遇,大战中李秀成的援军赶到,打乱了清军的阵脚,清军队伍凌乱,陈玉成乘势督兵猛扑进攻,意在索取李续宾的性命。

第三十二回
下浦口玉成破胜保
常州城忠王胜洋兵

且说陈玉成乘势攻击,李续宾大为惊慌,料到自己不能立足,于是打算率军逃跑。可是,清兵早就无心战斗,李续宾左冲右突,始终越不出半步。此时,太平人马已一层接一层地杀进来。李续宾见了,慨然泪下,对左右道:"我受国家重任,任安徽巡抚,身为主帅,统领数万人马,却使全军覆灭,都是我的罪过啊。"自知不能逃脱,于是向北面叩拜后拔剑自尽。李续宾,字布庵,本是湘乡人,自从军以来,身经六百余战,战功显赫,与多隆阿、塔齐布齐名,今竟死于三河之战,当时有诗赞道:

儒生慷慨策从戎,良将威名皖鄂中。
北面罗山贤子弟,东来江左小英雄。
身经百战支危局,雾掩三河起恶风。
回看兴国州城外,一样师生死难同。

自李续宾死后,属下部将或阵亡,或同时自尽,无一生存。死亡者二万七千人,降者约万人,全军覆灭,没有生还,是历来战争少有的情况。

接下来,太平军一路由安庆向东进发,又破了桐城。李秀成带兵又赶到潜山会合各路人马,并分析了当前的形势,道:"自从我们下九江以来,前后几战,敌兵大败、精锐部队尽失,只留都兴阿、胜保,隔断我天京交通路道,如果英王陈玉成能攻破它,那么我国可获得数年的安宁。"于是调拨人马驻守潜山、太湖、桐城一带,作为安庆的屏障,随即带军接应陈玉成。

九月初一那夜,月色无光。胜保、陈玉成两军相持不下,陈玉成嘱咐当地人,散布谣言:称陈玉成孤军作战,难以抵挡两路军队,只得等待李秀成支援,才敢交战。胜保半信半疑,一怕陈玉成有所图谋;二怕李秀成真到了,更难抵敌,便思量着退兵。左右人等都反对这种意见,不想商议间,声鼓大震,探马飞报:"太平军侍王李世贤,已经会合九洑洲人马,前来助战。"胜保大惊道:"我没有探明真相啊。"说罢趁陈玉成还未出战前,慌忙部署移兵。只见陈玉成军中火把明耀,一齐冲出。这路人马,都生龙活虎,分不出人的数目,只见得子弹如雨而下。胜保前部副都统已经中枪,军中一时混乱,玉成乘胜夹击。清兵慌乱之际,也无心恋战,开始向后奔逃。

听说胜保已败,德兴阿大吃一惊,担心胜保一退,自己不能获支持,正在谋划着对策,忽见陈玉成派出的另一支分军已到,全军大惊。交战中德兴阿大败,传令人马向东逃跑,陈玉成率众一齐追击,杀得德兴阿人马呼天叫地,沿路尸骸满目。太平军人马耀武扬威直将清兵赶压到浦口,被追到河中溺死的人,不计其数。清兵见太平军来势凶猛,早已无心恋战,人人胆破,只顾逃命。陈玉成更令三军,向马队攻击,这样清

181

兵死伤更多。总计胜保、德兴阿两军，共死伤不下四万余人。陈玉成大获全胜，得马二千余匹，收获器械，数不胜数。

自此一战后，南京隔江的信息开通，胜保与德兴阿只剩得残兵万人左右，趁夜逃回盱眙洪泽湖一带，意图恢复军势。英王陈玉成随后扫平来安、六合、天长、仪征、扬州等处，以牢固金陵的根本。洪秀全得知此消息无比欢喜，设宴为陈玉成庆功。忽报李秀成自桐城回军，一路扫平皖省，现已回至天京。洪秀全一并宴请。这时忠、英两王，一同聚会在大殿上。正当欢饮之时，忽然来报江苏巡抚李鸿章，又兴兵来攻，大兵将抵达常州。所借洋人枪械，十分精利。洪秀全听罢，面色大变，并道："如何抵御？"李秀成道："不需天王费心，臣等必保金陵无事。"于是，经过反复商议，商定陈玉成次日领军回到皖境，李秀成部署人马，立刻东征。

起程之日，洪秀全亲自送行，与李秀成握手，问什么时候可以凯旋？李秀成道："往返加战争，估计一个月即可。"洪秀全道："我就等你们的捷音了！"李秀成随即率领章王林绍章，共大军三万余人；又令苏招生、吴定彩二人，统领水师东下，作为声援，即刻出发，抵达丹阳。据探马报说李鸿章的军队中，洋兵为前部，现正驻扎在常州，秀成随即派兵先将常州附近各县收复。

且说李鸿章自从被受命为江苏巡抚之后，知道太平军人马的厉害，决意借用精利洋枪三千支，由刘铭传、程学启分别统领。李鸿章所率领的淮军，向来轻视洋人，因此不免与洋兵发生摩擦。淮军进军到常州后不敢前进，忽报李秀成已引大队人马前来，李鸿章便随即调集洋兵，命令三军奋勇接战。当地土人也都认为洋兵将来胜利一定会掠夺他们的土地，所以怨恨洋兵。李秀成见土人反对洋兵，且见太平军士奋勇求战，命令前队主将陈得风先行进击；清将刘铭传、程学启也率洋兵接战。洋兵心中多以为被清兵藐视，意欲奋力一战。不料常州土人怨恨洋兵，战争持续到了夜里，土人有人暗自发枪，向洋兵攻击。洋兵开始以为中了埋伏，却发现没有伏兵，于是怀疑是清兵在暗中作怪，心中大为不满。李秀成探得清军中的情况，发现这是个进攻的绝好时机，于是率军猛进，清兵见此情况大乱。惊慌之中，抵挡不住太平人马各路之众，四散奔逃。

李鸿章趁乱率领小部队潜逃，恰好副将吴全美正领水军驻泊太湖附近，急忙来营救。李秀成追杀数十里，这才收军。总计李秀成是击毙洋兵四五百人，毙清兵四千余，得洋枪千余支，大获全胜。李秀成打听到李鸿章已经引兵退回，便率人马打算先取苏州省城，苏州守将守兵皆为震动，认为太平军连洋兵都能打败，于是打算投降李秀成。李秀成得到降报，大为欣喜，于是平定苏州。李秀成担心李鸿章再有举动，便暂住苏州，把详情报知洪秀全。

第三十三回
李孟群战死庐州城
杨辅清匿兵破庆瑞

忽然胡林翼接到情报:"陈玉成已在皖、鄂一带,夺取了多个州县,现在庐州、武汉危急。"胡林翼大惊,道:"陈玉成悍锐、健斗,现在攻入鄂,该如何应对?"李续宜道:"李秀成已下苏城,现在皖省只有陈玉成一人。李孟群骁勇善战,现在正好驻军六安,攻袭庐州,怎么样?"胡林翼认为可以。

且说布政司李孟群,接到胡林翼的命令,率军前往庐州。李孟群军中有一名女子李嗣贞,是李奉贞的妹妹,自称能卜吉凶,测风雨,观星象,分毫不差。孟群对她的法术深信不疑,每次出兵,一定让李嗣贞相随,问的吉凶,也常常应验。军中万余人,也都认为有神女护佑,勇气倍增。这次李孟群率军奔赴庐州,李嗣贞卜之,认为会胜利;但幕友方玉润,也精通易学,却认为此战不利,并且说:"我军以三万众,此次去攻取庐州,是直接与陈玉成挑战,对方精锐众多,不可不防。"但李孟群被李嗣贞的占卜所迷惑,并没有采纳方玉润的劝告,继续行军。

来到庐州,城内太平守将吴定规设法死守,李孟群连攻三日不下,十分焦急。忽然来报陈玉成引领大军六万,风驰电掣,将抵达庐州。李孟群听得面色突变。忽见方玉润从外奔来,道:"陈玉成伪装南下,是要引诱我们到此,我们中计了,速速谋划好计策吧。"李孟群慨言道:"大丈夫应当死于沙场啊!现在我们挖深沟、巩固垒,暂时躲避开敌军的锋芒,传信给胡公,一定会有增援的!"众人照办。

此时,陈玉成已近庐州。探得李孟群驻兵离城二十里,正在挖深沟、筑高垒,等待外援。陈玉成听得大笑道:"李孟群有三万兵力,却不敢一战,反而将自己困住,等待外援,哪有这样的兵法啊?李孟群必被我擒获。"说罢飞令部下,由东而西,往来观察,找机会断绝李孟群的粮道、水道。陈玉成即以全军齐进,包围李孟群全军,又分数十小队,向清兵攻击。

李孟群困守于重围,等待救兵迟迟不到,粮草又断了,全军都很惊恐。而外面已被陈玉成部下包围得如铜墙铁壁。围攻了九日,陈玉成道:"我若进击,一定能胜,但是围困能使敌军就地而死。我们现在已包围九日,再需忍耐一二天!"果然李孟群军中粮草已尽,运道又不通。见清兵个个面露饥色,李孟群才愤然道:"我们坚决不能就在此地等死。"第二日黎明,便带兵要奋力杀出去。不料首军一出便被陈玉成军杀得溃败返回。又过了十一天,陈玉成见李军已无斗志,大喜道:"彼军定要饥饿生病!"便下令次早率全军一齐越围而进。三军得令,一齐突进,焚毁李孟群所有木栅,攻破壁垒,飞越而入。清兵不能抵御,纷纷投降,李孟群大怒道:"丈夫不可白白死去,应当杀敌而后自尽。"不想话未说完,英王小队长陈国瑞率先赶到,李孟群全军覆灭,自刎而亡。

太平军屡战屡胜，士气正盛。前军一名主将杨辅清，认为当时清军的粮道主要在闽、粤两地，如果不先攻破福建、广州，将始终无法切断清兵粮道，于是写信向李秀成请兵：愿率领大军向闽、浙进发。李秀成接到杨辅清的来信，很赞成杨辅清的观点，便准令杨辅清南下，并嘱咐杨辅清道："攻打闽、浙，切断敌军粮道，自然重要，但北伐仍然是我们的战略重点，到福州之后，留下部队驻守，要快速返回，守护天京才是根本。"杨辅清回道："豪杰之士，所见略同，我意已决，即刻行动。"于是报知洪秀全便向南发兵。

　　这里提到一人，正是广西人士陈金刚。这陈金刚手下也有人马不下一万，都勇猛敢战，常常纵横于广东、肇庆、罗定一带，此刻要投奔太平天国，便写信给杨辅清。杨辅清道："此人正适合我们！两江清兵的粮草，主要由广东、福建供给；两湖清兵的粮草，主要由贵州、广西供给。现在我们可以一方面切断清兵两江的运粮通道以攻进闽地；一方面正好可以令陈金刚牵制广西，断绝清兵两湖的运粮通道。"于是上奏洪秀全，封陈金刚王爵，令其分攻广西。杨辅清发兵六万，由宁国南下，先后陷徽州、淳安等处，又攻破严州、金华，所向披靡，远近震动，然后趁势直奔处州。清廷见此情形立刻飞调庆瑞为闽浙总督来阻挡杨辅清。庆瑞探得杨辅清军势浩大，担心抵挡不了，便派六百里加急向曾国藩求救。曾国藩接到庆瑞告急之报后，即派总兵朱品隆、江长贵，各领兵七千人，分道支援庆瑞。此时庆瑞部下士卒二万人，连旗兵共有二万余人，一同向处州进发。沿途听得杨辅清已领大军由浙南下,庆瑞于是对左右道:"杨辅清在洪秀全军中,虽然在李秀成、陈玉成之下,但也能征善战,而且这次的兵力是我军的几倍,他若先攻下了处州,必定乘势南下,那将对我军十分不利。我们不如先占据处州,才是上策。"于是率领人马奔赴处州,同时催曾国藩发兵支援。

快到处州的时候,庆瑞又探得杨辅清本部正在离处州城不足三四十里处,便打算等曾国藩救兵到时再出战。一日夜里,庆瑞站在城楼上从高处向北望去,见杨辅清本部旌旗齐整,戒备森严,不觉惊恐,对左右道:"杨辅清人马众多,很可能明日就来攻城啊!"于是次日早上传令军中,严密守御,没想到一直到了晚上,也不见杨辅清来攻城,庆瑞心中大疑,暗自想:"杨辅清南下,应该急战才是,不来攻城,其中一定另有阴谋。"正在疑虑,忽然接到飞报:杨辅清正在派兵四处寻查小路,不知是什么意图。庆瑞拍案道:"杨辅清军中必无六万人马,不过是虚张声势!现在算来曾国藩的救兵并非马上能够赶到,如果杨辅清从小道越过,直达闽境,后患无穷啊。我们不能不战了,应以大部队先占据处州,使他们不敢从此穿越。"只是下令次日五更造饭,平明起兵。当时,杨辅清自知人马众多,庆瑞一定不敢出兵,于是紧守城池,等待援兵,唯独不攻城。寻觅小路,是故意装作要偷渡,并将大军分道,向山林埋伏,减少旌旗以引诱庆瑞。探得庆瑞中计,便传令军中:当庆瑞大军到来时,要假装失败来引诱他深入我军,假如看见中军高举大红旗,便是庆瑞中计,各路伏兵可一齐杀出。部署完毕,传令五更造饭,专等清兵。

不多时,庆瑞已统领大军到来,远远看见杨辅清的军旗并没有多少,于是更加轻视他,不断催促部队前行。行至两军距离约不到十里处,清兵领命一齐发枪,向太平军人马攻击。庆瑞点数杨辅清军中,约不到二万人,便领马军在前,步军在后,全力猛战。到了中午,看见杨辅清抵挡有些微弱,更加毫无顾忌地率军猛力前攻,杨辅清开始带兵撤退,庆瑞在后面督促士兵追赶。

原来西北一路,山林较多,地势崎岖。当时杨辅清率兵约有千人,已经表现出失败的征兆,而庆瑞毫不怀疑,派马军直追二十里,追到地势更加险难之处,左右部下都劝道:"此处地势不便用兵,恐怕杨辅清不是真的失败啊。"庆瑞道:"此地我们不宜用兵,难道敌人就可以用兵吗?"说罢仍然带军急追。忽然听得四处鼓声大震,山林之内,到处都是杨辅清的旗号。庆瑞见了已经魂不附体,但又担心军心慌乱,于是故意对左右道:"八公山草木,恐怕并非是真兵。三军不要畏惧,只管向前,今晚定要打败杨辅清!"而此时左右已都面露惧色,漫无目的。庆瑞考虑到地势艰险,后退更加困难,不如直接前进。于是传令加速进兵。忽然上游鼓声大震,尘土飞滚,正是杨辅清率兵杀来。太平军前锋成大吉,一马当先,直冲清军,庆瑞连忙令穆腾阿带领马队接战。杨辅清将大红旗一举,下令道:"庆瑞已中我计!现在我们要歼灭清兵,不要放走一人!"太平军得令,左右八道,全数奋勇冲出。只见旗帜掩映,向清兵杀来,大呼:"不要放走了庆瑞!"清兵无不吓得魂飞魄散。一时间,子弹如雨,硝烟弥漫,清兵见大敌当前,纷纷狼狈逃窜,死伤不计其数。杨辅清大兵漫山遍野而下,穆腾阿只得率马队飞入中军保护庆瑞向后逃走。有云:一计成功,已见处州成血海;两军会战,又教广信起风云。

第三十四回
破金陵归结太平国
编野史重题懊侬歌

话说杨辅清用计将庆瑞大军引至地形崎岖的山林中,经过一场恶战,杨辅清大获胜仗,逼得清将庆瑞落荒而逃。时至傍晚,只见清兵尸横遍野,血流成河。总计庆瑞所领的二万余人,已经死伤万余人,投降者数千人。

庆瑞此时正领马队一路奔逃,取道直奔处州城。快到处州城时,突然看到当地居民纷纷逃走,庆瑞惊道:"难道敌兵已经攻下处州?"正说时已经到达处州城外,只见城门紧闭,城上旌旗整齐,庆瑞找到当地土人询问,原来处州府城已被杨辅清的人马所夺,才知道当时杨辅清另外分出了一队人马,在庆瑞离城后,便立刻抄近路袭击处州城池。庆瑞听得这个消息后,悲愤不已,又不知道城内守兵多少,正在惊疑不定的时候,忽然城上鼓声震地,庆瑞大惊,急忙往南再逃。

杨辅清此番大捷之后,传令大军分成三路:一路驻扎处州城内;一路守在处州城外;再分一路收取温州。等温州攻下,再会同三路大军一同入闽。安排妥当,又飞报太平军将领魏超成,请他一同进入闽境。当时魏超成已由贵溪直进弋阳,正与清兵抗战,接到杨辅清文报,知道杨军大捷,更是锐意进攻,乘胜追击。魏超成道:"我军必须速速进入闽境,与辅清接应。"于是将大军分为两路奋勇杀敌,不多时便将清兵击退,乘势取了弋阳。清兵遗留下的器械粮草无数,都被魏超成所获得,魏军大振!

且说曾国藩得到庆瑞的催救文书,便令朱品隆、江长贵两总兵先带大军赴敌;随后又接得王健元、袁艮告急书,于是调萧启江带兵五千,前往救援。曾国藩很清楚萧启江的五千人马不是魏超成的对手,但是又有太平军入赣,所以不敢轻易调动兵力。萧启江接到命令后,对曾国藩道:"我听说魏超成大军号称五万人马,而我以五千人马抵挡,恐怕很难取胜。"曾国藩犹豫半天,道:"敌军狡猾,我如果多调人马去支援,恐怕我军大本营的兵力单薄,太平军会乘虚攻我。如今只有一计:令朱品隆、江长贵见机行事,如果处州未失,能抵挡杨辅清,便向东行军,加以帮助;如果处州失守,便赶来支援你。江西是我军重要的根据地,不能轻易调军,今派张运兰领精兵南下帮助你,你也可以放心了。但是赣南形势危急,你应当先行,张运兰随后就到!"萧启江率军先行,曾国藩随后令张运兰起兵援应。

当时张运兰正驻军在景德镇,接到曾国藩的命令,立刻抽调六千人马出发。这样萧启江、张运兰两路,共计约万余人;另外又派江长贵、朱品隆率领两路兵马,一共四路人马,将近三万,援应赣南。没想到清军赶到衢州府时,处州已经失守,于是转移部队回头支援赣南。清军将领江长贵道:"魏超成的目标是入闽,与杨辅清相应。沿途必经广信府,我们

191

应先赴广信府阻挡才是妙计。"于是，率军前行。

早有消息报到魏超成军中，魏超成与部将商议道："曾军此次南来，兵力精锐，而且汇合了四路人马，我们该用什么计策好呢？"于是翰王项大英上前讲道："清军分四路而下，认为一定能攻破我军，然而清军已经有两支队伍，纵横跋涉，疲惫不堪，我想，趁此机会攻破他们，一定易如反掌。"然后将战术部署一一道来。众人认为有理，分头行事。

曾国藩的部将萧启江、朱品隆都认为魏超成的智勇不如杨辅清，攻破魏超成可谓绰绰有余，于是奋勇赴敌。此时翰王项大英，得知清军王健元等人有如惊弓之鸟，已经退守广信，便以人马五千，占据广信沿途。说到清将朱品隆、江长贵此时已到广信，发现太平军人马在前，朱品隆大惊道："难道魏超成已攻下广信了？为什么在此驻兵？"一时惊疑不定，只是远远望见太平军人马不多，但又不是魏超成旗号，江长贵道："如果魏超成已经得到广信，一定会向福建进发，哪有时间与我军交战，这路人马一定是萧启江、张运兰来与我们接应。我们要速速前进，以免贻误战机。"于是朱、江两军一起向前进发。忽然炮声震动，各路太平人马，一齐出现。原来太平将领项大英所率兵马，偃旗息鼓，使得清兵只看见了其中的一部分，便认为兵马不多，此时忽见项大英有五路人马杀出，心已有些害怕，而且大军远行疲乏，远不如太平人马精锐气盛。此时太平军纷纷向清兵袭来，清兵只得向后撤退。项大英率齐五路，一同追击，清兵死伤五六千人。朱品隆、江长贵只好带着败残人马，退回三十里扎营，一面打听萧启江、张运兰消息，再做打算。

原来张运兰沿途身患重病，耽误了行程，待朱品隆、江长贵失败之后，萧启江才刚刚到达贵溪。而魏超成已经依照项大英的计策，用计招降了清军都司赖正修，并代替赖正修写信给萧启江，谎称道："王健元、袁艮等并未奋力抗战，已经退出广信。我所领的数千人马，被敌将魏超成所困。今日投降，本非真心，请带兵来战，我愿为内应。"此信写好之后，即派心腹哨弁，投至萧启江处。那赖正修曾是萧启江部下，平日深受萧启江的信任，而且与萧启江有同乡的情谊，所以萧启江得到消息后，虽然开始半信半疑，但后来想到与赖正修是同乡，又是旧部，一定不会有诈，便回复赖正修：设法内应。接着派人密告广信府城内，令王健元引兵出城相助，留袁艮守城。

魏超成早已料到萧启江会令城内清兵杀出接应，于是分别派出小队四处巡察，以拦截萧启江的交通消息。果然抓到一人，在他身上搜得文书，是萧启江写给王健元让其由城内出来接应的信件。魏超成大喜，将原信烧毁，模仿萧启江的笔迹，另写了一封信，挑选一心腹军士，穿了那清兵的号衣，投信给王健元。那心腹到了王健元城下，声称是替萧启江送机密信件，当时城上守将见只有他一人到来，于是开城迎人，并将信件呈给王健元。王健元拆开一看，信中大意是：探得敌将翰王项大英要绕过东路偷袭崇安，直取福建，我军应大兵南出，以阻塞崇安等交通要道。王健元细看印信不错，深信不疑，于是留少数人马守城，自己率领大兵向崇安要道出发。

　　魏超成打听到城内清兵已经移动,于是一面令翰王项大英出兵,攻袭广信府城,余下人阻挡朱品隆、江长贵的来路;一面又令大军偃旗息鼓,等待敌军。萧启江所率领三路人马一路前行,远远看见太平军营中灯火烛天,却不见太平军人马的动静,萧启江虽然有些疑惑,却道:"不入虎穴,安得虎子!"随即率军接近魏营,传令放枪攻击。魏军故意惊惶,萧启江以为得手,又见魏军后面突然火起,萧启江更喜,即令三军一齐追入,魏军则向后撤退。忽见前锋统领胡廷干赶来,说都司赖正修派人来报:纵火之后,正要杀出来接应,不料却被魏军围困,请速来援救。萧启江于是令各军急进前去援救。前进不远,忽然省悟道:"我中计了!"左右问何原因,萧启江道:"敌军如果真的失败了,怎么能再围困赖正修?而且深夜扰攘,两军仓皇,赖正修怎能派人赶来求救?"便即刻命令退兵。但魏超成大军已经进如潮涌,只见四面八方,都是魏超成人马,炮声连天,万枪齐发,蜂拥杀来。萧启江见此情景,叹道:"我用兵多年,今被人捉弄,我一人失算,以致损失数千人,都是我的罪过啊!"说时不觉落泪,当即挥书给曾国藩,报称失败情形,并引咎辞职,交张运兰料理军务。朱品隆、江长贵,领败兵回见曾国藩,曾国藩也令萧启江回湘,并将其所剩人马及部下一并交给张运兰统带。曾国藩又与各位将领商议道:"今杨辅清、魏超成连破我军,直进福建,对于我们粮道的畅通阻碍很大,这该如何是好?"幕友郭意诚道:"两年以来,我军各路节节溃败,军威大挫,现在粮道又要断绝了!洪秀全久踞金陵,西拥东西梁山,连接安庆;东有常州、苏州的富足,以通海道。我军处处受到限制,东南大局实在危险啊!以我之见,现在金陵稳固,太平贼兵不会轻易发兵,我们可以趁机一战。"曾国藩听罢便立刻准备文书,加紧告知胜保向金陵发兵。

胜保此时正驻军凤阳,忽接得曾国藩文书,也感到进攻金陵是一妙策;敌将陈玉成,正纵横皖省,大有再取武昌之势;而李秀成又东下苏州,与李鸿章相持。我军若此时进攻金陵,正是时机。于是准备进攻金陵。

话说太平天将李昭寿,自从与陈玉成会合,在浦口破了胜保、德兴阿之后,便听命于陈玉成在滁州驻守。那李昭寿人极骁勇,无战不胜,只是性情凶暴,好杀戮,同僚多数都很憎恨他。陈玉成看他性情骄横,怕他兵权过重,难以节制,便只给他厚赏,并未封王,李昭寿于是心生怨恨。

那一日松王陈得风,从天京发来军报,调李昭寿镇守扬州。李昭寿大怒道:"陈得风何人?俺李某怎肯被他调遣!"说时怒形于色,回书陈得风,称不能移兵,反倒调遣陈得风去镇守扬州。陈得风得书也大怒,竟也不去扬州,立即奏知洪秀全他们,称李昭寿要谋反,不听从调遣,望严加防范。洪秀全见李秀成远在苏州,只得令陈玉成处置李昭寿。陈玉成道:"昭寿是名悍将!如果投了敌方,将为害不浅啊!"于是急令李昭寿移军至小池驿,来阻挡曾国藩北渡。李昭寿得令,本不敢违抗陈玉成,但部将朱志元道:"陈玉成此次调度,不是好意,将军危险啊!"李昭寿听了,道:"我也不甘心这样忍气吞声,我们北投清军胜保怎样?"朱志元道:"这样将军当然可以保全!"原来朱志元正打算投降清国,早就密报胜保,愿劝李昭寿来降。胜保向来知道李昭寿的勇猛,自然高兴,于是密信朱志元,答应他日后必有重赏。从此李昭寿便成了大清头品大员。

太平天国,自金田起义到金陵定鼎,兵非不众,将非不多,无奈老天不佑护,任凭有一等的好本领,却总是达不到北伐的目的。究其原因:第一误在了东王;第二误在了安、福两王。总之一句,洪天王是仁慈有余,刚断不足;今年不伐,明年不征,坐等着清军把天京一困再困,结果弄到了覆国亡宗的地步。朗朗乾坤,到头来依旧是大清世界,各位欲知详情,自有那专讲清朝事情的清史演义在。

闲言少叙,却说那李昭寿降清,此报一到金陵,天王大惊,急召陈玉成问计。玉成道:"昭寿叛变,一定将成为天国大患,忠王北伐之计,怕是不能行了。"天王叹息道:"这是我的罪过啊!"从此,天国声势一天比一天削弱,各地风云一日比一日紧张。翼王石达开在四川被骆秉章所窘迫,弄得个全军覆没。清将左宗棠,力攻杭州;李鸿章力攻苏、常一带;曾国藩的兄弟曾国荃,力攻金陵。天王听了安、福两王的话,让李秀成长驻在京,不肯放他离开一步。而李秀成所谋划之策,天王却都不听用,整日只在那围城里唱赞美诗、祷告叩拜上帝这几桩事情,军国大事,一概不闻不问。秀成几回哭谏,天王总打着天话:"我自有天父、天帝、天兄,耶稣定派遣天兵十万,前来救我。"秀成干着急,却也拿他没有办法!围城里

洪秀全的救世主

粮食将绝,秀成奏告天王,天王坦然道:"那有何妨!我有天父上帝,赐我天粮百万,我的军民不会饿的。"用孝经打退贼人,以符咒击退敌兵,这真是从古到今都没有过的事。在天王肚子里边其实很明白,不过是借着天说,各安各的人心,无非是自喝姜汤自暖肚罢了。

这日接到说苏州失守,谭绍洸殉难,天王知大势已去,无可挽回,于是背着人,悄悄咽了点毒药,呜呼哀哉了!天王薨后没有几时,南京城就被曾国荃攻破,无奈忠王李秀成等已是笼中之虎,池内之龙,根本无力回天,被清兵活生生捉去,结果了性命,天国就此亡掉。曾国藩、左宗棠、曾国荃、李鸿章等,一个个封侯拜相,耀武扬威。